Ⓢ新潮新書

曽野綾子
SONO Ayako

人間の義務

866

新潮社

人間の義務……目次

第一部　人間の義務

第二部　人生の光景

第一部　人間の義務

1　「生き続けること」だってむずかしい

年明け早々「人間の義務とは何なのかなあ」と考えると、もはや私の年齢や体力では、まともな答えは出て来そうにないことがわかった。「突然死んでしまえば義務もないよ」と体の深奥から怠惰で反抗的な答えが聞こえて来るし、八十歳も半ばを過ぎた人間には幼児並みに責任を帰せられることもない場合が多くなった。

人間はしかし、五、六歳を過ぎれば、ほとんど自分のやったことには責任があるということくらいは感じている。拾った石を近くの池にぼしゃんと投げてみたら、金魚が驚いて跳ね上がったというほんとうに何気ない光景にも、石を放った行為の責任は自分にあると理解できるのである。

考えてみれば、いつの間にか私も長い年月の間に、たくさんの友人に恵まれていた。癖の多い私とつき合うことを認めてくれた人たちである。

二〇一七年十二月四日の朝の話からこのエッセイを始めねばならないのは、その日の早朝、私は二階の階段から数段落ち、ロダンの「考える人」のポーズでどうやら止まった。手足の先は自由になるのに、姿勢は痛くて動かせない。自分で階段を降りるどころか上体の角度を変えるだけで首のあたりに激痛が走った。

恥ずかしいことに、私は数分で助け出された。一一九番すると驚くほど早く救出の手が現れた。後で説明されたところによると、(私の記憶違いかもしれないが)偶然救急車が我が家の前を走っていたそうで、私は凍りついた人間のような奇妙な恰好で階段から排除された。

実は病院に着く前から、私は自分で鎖骨が折れているのがわかっていたのである。首の下で左右に出ている二本の骨に触ると、右の骨がはずれている。救急車の中でも、じっとしていれば痛くもなく、ぎっしりとはめこまれた救急車の内部装置に感動する余裕さえあった。

私自身が骨折の状態をはっきり教えてほしかったのは、今、私は、一人で暮らしているからだった。長い年月もうほとんど家族と同じように同居してくれているイウカさんというブラジル生まれの日系人はいるが、身内ではないのだから、自分の体については、自分で能力や使い方を知っている義務があった。

息子や孫と一緒に生活している幸福な老人の中には、一人前の人間としての生き方をほとんどやめている人もいる。

「それ、もう私はできないのよ」

「さあ、どうなっているのかしらね」

「娘に聞いてくださらない？　私この頃、何もそのことを知らないのよ」

責任の生じるのを恐れて、逃げているわけではない。しかし生活の姿勢制御の基本まで、他者に委ねている同年輩が私の近くにもいないではない。私としては複雑な心境だ。そんなに依頼心の強い年寄りになってどうする、とも思うが、そこまで生活を任せられる息子や娘が身近にいることが羨ましくもある。

今から五十年前、私の伯父、伯母の世代は年を取ると皆そういう生き方をしていた。

わざとかもしれないが、彼らは会話の中で責任あることは一言もふれず、身の廻りにおいてある植木の鉢植えの話とか、町内会の寄り合いの運営方法とか、久しぶりに浅草に行ったついでに食べた下町の古い老舗の天ぷら屋のことしか話さなかった。古い友人の悪口や、まだ残っている借金の話などより、そういう軽い世間話に終始する老人の方が、端迷惑でない、という感覚の方が一般的だったのだろう。

しかし私は違った。怪我をした瞬間から、何ができなくなったか、何ならまだできるか、自分で知っている必要があった。レントゲンを撮ってもらって、鎖骨がどんなふうに折れているのかを見せてもらい、その上でこんなことならできる、という行動の範囲を見極めておく必要がある。

果たして病院で、私の右の鎖骨は折れてふらふらしていることがわかった。まだ怪我をして、半日も経っていないので、私は椅子から立ち上がるにも、ベッドから下りるにも、この鎖骨をうまくごまかす姿勢を発見していない。私が事情を話して、一晩だけ入院させて下さい、と頼んだのは、自分の病状を大げさに考えたのではなく「何ならできるのか」を病院のベッドで実験してから帰宅したかったのである。私が夜中にベッドから下りそこねて床から立ち上がれないようでは足手まといになる……。

小さな手術をして鎖骨を継ぐ必要もない、と言われた時、私は途方もない解放感を覚えた。確かに動かし方によっては鎖骨の部分が少し痛むが、病院の方でも、私の年を考えて手術など避ける、と判断してくれたのだろう。要するに「どうにか生きているうちだけ」間に合えばいいのだ。

これが本当の意味での「合法的な」やり方だ。いやもっとおかしな言い方をすれば「合目的的」というものだ。そして世間というものは青年が考えるほど法に叶った生き方をしてはいないが、合目的性については、年を重ねるほど巧者になるものだ。

人間の義務とは何なのか。

若者はそのような意識の姿勢を「狡い」とか「卑怯」とか言う。しかし基本はそこから発するのだ。

人間の生涯は狡さと卑怯さの連続だ。

私は今家の中で、時にはイウカさんと二人だけの、時には秘書も交えた賑やかな食事をしているが、そもそも毎日誰かが、食事の用意をすることだって、考えようによっては、狡さと卑怯さの結果である場合が多い。つまりできるだけ手もお金もかけずに、しかしおいしく栄養的にも偏らない効率的でいて豪華風な献立も作ってみせようとした結果だ。

もっともプロの料理人は違う。彼らは基本を大切にしていて、効果だけ狙うような浅ましいことはしない。しかし私は、食に関しては妥協的生き方をすることにしている。つまり我が家の一坪菜園で採った小松菜も食べているが、近隣の国から輸入していると思われるキャベツやイチゴもありがたく食卓に載せている。私の食生活の原則は「科学的原理」に則っているようでもあり、もっと単純に「空腹を満たせる安上がり」を目指しているようでもある。どちらに対しても本気なのだが、純粋にはなれない。つまり妥協点をみつけようとしている。

そう考えてみると、私は「死なない程度」の不摂生を自分に許したいのだろう。私はもう高齢だし、今日死んでも誰も困らないのだが、人間が一人死ぬと周囲は立てられた雑音に迷惑する。「あの人には娘がいたはずなのに、どうしてもっと見てやらなかったのだろう」とか「あのお爺さんは意外にしこしこと金を溜めていたらしいから、それを狙った女がいたんだよ」とか知らない人ほど見て来たような噂を立てるのである。

願わくば、人生は静かな方がいい。ことに老年は日溜まりの中の静寂にいるような感じで暮らすのが最も仕合わせなのだから——これは私の趣味だろうが——。

少々の財産はあるが、複雑な人間関係はない状態が最も望ましいのだ。

今気楽に「少々の財産」と書いたのだが、財産は少々でなければならない。大量の財産があると、それを狙って来る人たちの争いに巻き込まれる。古来あらゆる文学がそのことを示している。しかし少々という状態を保つのが又むずかしい。人生はどちらかに傾きたがる。金持ちにはどんどん金が溜まり、貧乏は少し気を許すと加速する。その両方共、極限は健康に悪い。体重も同じだ。医学界が認める平均的体重を維持することが一番いいということはわかっているが、人間は餌を管理されている食用豚ではないので、正月だからと、田舎の本家へ行ってアンコロモチを出されたというだけで太る。

私は昔から運動神経がなかったから、平均台を歩くのも下手、ブランコも怖かった。少々の財産を保つというバランスをうまく採れるとも思わない。

とにかく世間は「生き続けること」だってむずかしいという原則にあまり気がついていない。しかし人間の義務といえば、第一に「とにかく生き続けることだ」ということになる。私にそれがわかったのはローティーンの時に経験した第二次世界大戦のおかげだった。それまで私は小市民的サラリーマンの家に育った娘として、自分の生死を突き詰めて考えたこともなかった。私は文学少女だったが、当時はサイエンスフィクションというジャンルもなかったから、地球は今日を終えれば必ず明日が来て当然と考えていた。

しかし一九四五年の夏、第二次世界大戦の終戦直前、私は初めて猛烈なアメリカの空爆に晒されもしかすると明日まで生きていられないかと思ったのである。そこまで現実的に自分の生死を考えたのは初めてであった。もちろんそんな体験はない方がいいけれど、私の中で、本当の自己発見ができたのはその時だったかもしれない。

当時私はまだ十三歳だった。東京を空襲で焼き、グラマン戦闘機からまだ十三歳の少女だった私を狙いうちしたアメリカ軍のやり方を信じられないと言ったアメリカの知識人もいたが、私はそういう形で戦争というものを学んだのだ。

これはすばらしい「実学」であった。

2 「結果を受け留められる」のが大人

改めて考えてみると、つまらない連載の題をつけてしまったものだ、と読者の方々に謝りたい思いだ。「人間の業と道楽について」とか「身勝手の輝き」などという題をつけておけばよかったのに、と思う。文章を書いて六十年以上にもなるのに、まだこんな簡単な心理のからくりや失策から脱け切れない。

しかし、それほど、私にとって、この義務という言葉は幼い時から重いものだった。

私は五歳の時に、東京のカトリックの私立幼稚園に入れられた。私は父母がかなり高齢になってから生まれた一人娘だった。それだけに両親は私が大人になるまで、最低限生き延びることを望みはしただろう。私の姉に当たる第一子を三歳で失っているので、子供にはとにかく生き延びてくれればいい、と希(ねが)っていたふしもある。抗生物質のなかった戦前、多くの家庭は、七歳未満で命を落とした幼児の悲しい思い出がつきまとっていたものであった。

その頃の両親は、娘がどんな風に育つかなどという理想はあまり考えなかったろう。子供は生きていてくれさえすれば自然に自分で食べるようになり、ほどほどの縁を求めて結婚するだろうし、それが親の老後を支えるにも役に立つのだが、と型通りに考えていたのではないかと思われる。もっとも、遅れて生まれた私のような子供は、死んだ姉が大抵自分とは比べものにならないほど「器量よしで、賢くて、素直」だったと言われて、引け目を覚えたものだ。生き延びる子は半分その話を信じるが、何回も聞かされるうちに、少々不愉快になって来る。だから生き延びる子は、ますます図太い、可愛げのない子になるような気さえする時がある。

なぜ親は、子供の死ぬことをそれほど恐れるのか。それは自分の老後を、経済的にも人間的にも「見て」くれる者がいなくなるからだ。当時の親にとって、子供のいないことほど惨めで不幸な環境はなかったのだ。自分の死の時、何かと面倒を見てくれる者は子供しかいないと、当時は思い込んでいたからでもあろう。

それが一番自然だ。しかし子供がいないと死ねないという人はいない。

今、私の住んでいる家は、東京の西南部の、多摩川に近い所である。まだ私が幼い頃、当時、恐らく私の両親は、麴町、麻布、飯倉などの名門の土地に地所を買えるような身分ではなかったので、予算に合わせて住所を次第に西の郊外に求めたのだろう、と思われる。

それでも洗足（せんぞく）という土地まではもうあらかた買われてしまっていた。そこから更に数キロ西南に行った所で、田園調布という分譲地が売りに出ていた時だった。そこなら予算の範囲で何とか土地が買えそうだったのだ、という。当時の坪単価は多分「○円○十銭」単位である。

現代人は、分譲地の売り出しで、地面が坪いくらかばかりを問題にしているが、実は私が今住んでいる土地は、昔の貝塚もあるような人間の居住地跡からあまり遠くない場所である。その理由はよくわかる。何よりも多摩川という清水の供給地があまり遠くない所にあり、土地は南西に低くなった温暖な丘陵地だからである。

寒さを凌ぎ、たやすく飲み水を手に入れられる土地の条件は整っている。今でこそ、人はどこにでも住めるが、昔は生き延びるための最低の条件はあった。水もなく寒いのでは、人間は生存できない。とにかく生きていられる、ということが人間にとって第一の条件だという場は今でも多い。戦場、流行の病気の多い土地、暑さ寒さの厳しい所、では他の条件を考える前に、そこは果たして人間が生きていられる場所かどうかを問われるのである。

私は気温が時には四十度を越す国にも度々行った。アラビア海の周辺にはそのような土地が少なくない。私の実感では気温が摂氏三十度を越して冷房設備がないと——それが普通の庶民の生活だ——人間は生存してはいられるが、思考はできない。人間も動物も同じで、できるだけ暑さを避けて眠り、最低限だけ働き、餌を食べ、セックスもできるのだろうが、思考することによって抽象的世界を構築するという作業は不可能になる。

現代人は、本来、生きていられることが人間の第一条件なのに、最近ではその基本線を忘れている。我が家に集まる若い世代は、薄っぺらいくせに冬用だというカーディガンをつまみながら「これはユニクロで買っていくらだ」などと安さを自慢し合っている。彼らはユニクロのおかげで生きている新しい人類「ユニクロ人」なのだ。

もはや生きていられるということは、「バンザイ」を叫ぶことでもなく、お互いに安堵の胸を撫で下ろすことでもなくなっている。彼らはどうやら生き延びることにドラマも達成感も見出さなくなっている。

思えば、現代の若者たちが「生きる権利」などということを平気で口にするようになった時以来、人類は基本的な大きな感動の理由を見失ったのである。実は生きる権利などというものは、そうそう道端に転がっているものではない。生きていられたら、万々歳なのだ。古来人間は、自分が生きるためには、他人の生存を侵しても仕方がない、とどこかで納得していたはずなのだ。つまり生き抜くことは、後ろめたいことでもあったのだ。しかしそれがどこかで狂って来た。自分も生き、他人も生きる、皆仲良く……。それが可能になった、とどこかで信じ込んだのだ。

昨日からマスコミは、豚コレラの発生で、養豚場の豚を殺処分すると報じている。私はそれだけで、気分がよくない。何千頭という豚が処理されて、その始末だけに、自衛隊まで駆り出されている。

豚コレラにかかった豚を扱うことが原因で人間がコレラにかかる恐れはないというなら、せめてこうして始末した豚は、食肉用にした方がいい、と言っている人もいる。我が家では、亡くなった夫が生きていたら、必ずそう言ったに違いない。豚カツの好きな彼は、殺されて捨てられたブタは一番かわいそうだと思う性格である。

私はこの頃「生きている生命」「生を終った命」を考えると疲れるので、自分も八十代も後半になっているのを幸い、菜食主義に転じようかと思う瞬間さえある。自分が生きながら、他人の生を圧迫しないのは、実にむずかしい、としみじみ感じるからだ。

私はカトリックの学校に育ったから、神から与えられた自分の命を自分の判断で断ってはいけない、と幼い時から教えられた。つまり殺人もよくないが、自殺も同じ大罪だと教えられてしまったのである。

これは実は不自由なことであった。他人は殺しませんが、自分の生は断ちますという判断が許されれば、この問題は解決する、と思われることも世の中には多かったのである。

しかし生命は生命だ。他人の生命を奪ってはならないのなら、自分の生命も、軽く扱ってはならない。何しろそうした判断の結果の罰は、その人の死後も永遠について廻ると脅かされると、私は自殺もできなかった。地獄がどのようなところか知らないが、物事で終りがないということに対しては用心した方がいいと思った。悲しみでも日が経つに連れて薄れ、痛みも時と共に和らぐというのなら我慢できるかもしれない。しかし永遠に罰としての苦しみが続くのは困る――。

大人の人間とはどういう人かについて、私は明晰な答えを出しているわけではないが、その一つの要素は「結果を受け留められる人間でいること」であろう。幼児に熱湯の入った薬缶を持たせてその子が転べばそれは大人が悪いのである。

二〇〇〇年の十一月末、たまたま在日中だったペルーの大統領アルベルト・フジモリ氏は、日本で亡命し、百日余りを我が家で過ごした。当時すぐ帰国すれば殺されるだろう、という見方をする人も現実にいたから、手近なところで私の家の離れに隠れ家を見つけたのも、やむを得なかったのかもしれない。

フジモリ氏は気さくな性格で、男性の広報官という人一人を伴い、カバン二、三個で我が家に移って来られた。日本の大新聞の中には数十個のカバンを事前に運び出した、と書いた所もあったが、現実は二、三個であった。

そのフジモリ氏は私の家で、時々「死んだ侍は侍ではないでしょう」とややおぼつかない日本語で言った。だから自分は今のところ亡命してでも何でも生きてペルーに戻り、その将来を見届けるということらしかった。

当時私は日本財団の会長をしていたので、大統領だったフジモリ氏も知ることになったのだが、日系の血をいつも強く意識していたフジモリ氏も、生きていてこそ、政治も、現政権のなりゆきをも見守れると感じたのは当然のことである。

生に執着するあまり、卑怯になったり、自分の精神を失ったりする人はよくいるが、その場合はもはやその人はその人でなくなっているのだろう。

人間が人間であることの証拠は、自分の魂を失わないことだと私は思いがちだが、まず生き抜くことであるようだ。私も時々この順序を誤って考えることがあるのだ。

3　生きている限りは「折り目正しく」

古墳時代の人間の生活はさぞかし忙しかったろう、と私は時々漫画的なことを考える。私が現在住んでいる家は、東京の西南、多摩川まで丘陵一つを挟んだ土地だ。近くには古墳も、貝塚もあるらしい。その時代には、海岸線が今の地形よりずっと北だったとすれば、貝塚があっても当然だ。

とにかく古墳時代の人は自分で水源を探し、食物を工面しなければならなかった。その間に穴を掘ったり、薪を取って来たりもしただろう。何より穴を掘るという作業だけ考えても、ひどく体力を使う仕事だ。

人間が生きるということは働くことだ、と私は実感している。今、私たちはしばしば考え違いをする。蛇口をひねれば水が出るし、スイッチを押せば電気が通じるから、人間の全生活に関することは、殆ど体力を使う労働とは無縁で済むと考えている。しかし基本は穴掘りだ。竈（かまど）を作るにも、死人を葬るにも、穴が要る。それなのに今の日本の青年は、深さ五十センチの穴だって掘ったことがない。

あらゆる教育は、本当は基本から体験させねばならない。

私は修道院の経営する学校で育ったので、いささか極限的な例に片寄り過ぎるのかもしれないが、私の同期生にも大学を出てから修道院に入る、という選択をする人が何人かいた。どういうことをさせられるのだろうと、私などはいささか恐怖を覚えながら考えていた。「終生誓願」と言われる神に対する誓約をしたら、昔の修道女たちは、一生修道院の塀の中から出て来なかった。その間に、俗世にいた時に持っていたものをすべて捨てる。家名、個人的財産、人間関係。その代わり毎日祈り、そして修道院の生活を保つために働く。労働は、畑仕事だったり、牛を飼うことだったり、生徒を教えることだったりするが、最も大切なことは祈ることである。

私はすべて理解できたが、自分がそのような暮らしを続けられるとは思わなかった。

だから私は、同級生や同窓生が修道院に入るという選択をするのを、尊敬をこめて理解はしたが、「自分も……」という気にはならなかった。別に浮世の栄耀栄華を体験したい、と希ったわけではないが、私には「閉所恐怖症」とでも呼ぶべき性質があって、閉ざされた場所に行くと、地下室でもエレベーターでもトンネルでも、呼吸困難を覚えるという習性があった。修道院も私の感覚では、閉ざされた場所なのである。

私は辛抱が悪いというのでもなかった。何しろ後年小説家になって、原稿用紙で千枚もあるような長い作品を、来る日も来る日も書き続けるという辛抱もできたのだから。しかし閉所は困る。だから私はとにかく拘置所とか、刑務所とかいうような所には入らないようにしよう、と心に決めた。泥棒や放火をしなければ、その希望は叶うのだからそうしよう、と私としては珍しく明快な生き方を選んだのである。

修道院学校にいたおかげで、おもしろいことも知った。私の通っていた私立学校は世界中に姉妹校というか同じ名前の学校が百五十ヶ所だかあり、古くはモーパッサンの『女の一生』の主人公・ジャンヌも私の出身学校と覚しき学校で育ったという設定になっているという人もいる。ジャンヌはどう考えても、現代人がモデルとして考えたいような人格ではなく、その育ち方も、「一時代前」と言わなければ説明がつかない部分が多い。

もっとも母校の名誉のために付言すれば、私の出身校は決してそれほど古い思想に囚われたものでもなかった。ただ私が学生だった頃、大学は私の小説を書きたいという希望を決して伸ばそうとしなかっただけでなく、今にして思うと私の創作の処女作を紛失した。実はなくして頂いてほっとしたという程度のものだから決して怨んではいないが、書いたものをなくすということは、あまり教育的でない。アメリカ人の学長は一言もごめんなさいとは言わなかった。小説家になりたいなどと言うことは「身をもちくずす」第一歩だから、学校側はそれに歯止めをかけるということは、むしろ親心だと思っていたのではないか、と思う。それに事実、小説家になりたいというくらいの「文学かぶれ」なら、なくされた作品をすぐ書き直せる程度の筆力は要るのだから、これはいい試練だったと言える。

修道院というところは伽噺のような形で、人生の本質を考えさせるようにできている。

修道院には常に修道生活を望んで入会してくる若い志願者がいた。彼女たちの中には、貧しい家庭に育った娘もいたが、中にはどちらかというと富裕な家庭に育った人もいた。それを承知で昔の外国の修道院は、若い志願者が来ると、まず現世の意識を剝ぎ取るために粗末な服を着せて托鉢に歩かせる。外国には托鉢などという体裁のいい言葉はないから、つまり乞食をさせに出す。

それまでその志願者の殆どは、他人から食物を恵んでもらうほどの貧しい生活をして来なかった。それどころか中には富裕な名家に生まれて使用人にかしずかれ、贅沢をして来た娘もいる。食事にも衣服にも、そして無論住居にも全く不自由しないで暮らすのが当然と思う感覚を持つ志願者を受け入れた修道院は、まず彼女らから既成のそうした思い込みを、一切剝ぎ取るのである。しかし実は、それが「人間になる」ということだ。

私は決して金持ちの家に生まれたわけではない。しかし戦前の日本にも、一生食べるには不自由しない程度の慎ましい中産階級というものはあった。私の父母はその階級の出であった。だから幼い時の私には、深い依頼心があった。身の回りのことは、すべて誰かにしてもらえるのだろう、という根拠のない思い込みである。

しかしつい先日ふと思い返してみると、私はもちろん他人に面倒を見てもらいもしたし、今も依存はしている面があるが、実は他人の面倒も見る運命になっていた。いつどこで、力関係が狂ったのかわからないが、私の予想は大きくはずれていた。

この手の逆転劇は誰がいつ企んだものかわからないが、教訓は、昔の有名な物語の中にだけあるのではない。こうした私たちの日常の中に転がっているのである。人生とはまさにそういう意外性の連続なのであろう。

戦前の日本の中産階級には、当時「女中さん」という呼び名で働きに来てくれていた若い女性がいた。彼女たちのことなど、もう誰も改まって記録しなくなったし、「女中さん」などという名の労働者のことなど記録するのも無礼で、社会の恥だと思うような人もいるので、その存在は社会から消えてしまっていた。

しかしその時代にはその時代なりの社会の仕組みの意義もあったのである。当時十代の終りか、二十代の前半に「女中さん」として働くことは、いいこととも言えないが、少なくとも不真面目な目的を持つものではなかった。

「働きに出す家」は、大ていが堅気の真面目な家だった。そこで「行儀見習いをさせる」というような言い方をしたのである。私の母など、自分が北陸の田舎の出だと思っているので、行儀も言葉遣いも、人に教えられる立場にないと思っていたらしいが、たとえば、どこで母がまちがいのない敬語を使えるようになったか、ということを、私は母に聞いたことがある。すると、教科書は「小説」であった。

母は田舎の小学校を出て、東京の女学校に通ったが、経済的な責任をすべて負っている兄が、会社を建てたばかりの創業時にあったので、誰も母の教育のことなど本気で考えなかったらしい。しかし母はとにかく同時代人の作家たちの作品を読み、それによって当時の上流階級の生活の実像も覗き、知識人の使う日本語にもふれたと思われる。

私の家庭のような暮らしは、そこまで独学で学べれば、それで充分であった。陛下の前に出ることもなかったし、人前でスピーチをしなければならない破目にもならなかった。

私は麻生太郎氏の母上の和子さんと一時期、時々会う機会があった。この方は吉田茂元総理のお嬢さんで、日本の中でも超一流階級に生まれ育ち生涯を送られた方である。しかし親しい中で喋る時は、そのような窮屈さを全く感じさせなかった。時には「べらんめえ調」の巻き舌で「そう言ってやりゃいいのよ」と言われるので、私はいつもほっとしていたものである。

しかし和子さんは、一面で折り目正しい方だった。べらんめえ調の会話で喋っていても、約束の時間が来ると、「では今日はこの辺で。本当にいろいろと恐れ入りました」とやや古風な言葉遣いで挨拶をされた。時間を引き伸ばすことも、だらしのない空気のままお開きにすることもなかった。あれが本当に人としての自然な折り目正しさだったのだと私は時々思い出す。人は生きる限り、折り目正しくなければ、人に迷惑をかけない、という最低限の義務も果たせないのである。

4 他者への基本的な「恐れ」を抱く

他人の家、よその町、外国などのことをあまりあからさまに悪く言ってはいけない、という一種の慎みは小さい時に教えられたが、胸に刺さる戒めだった。

第一の理由は他人の悪口など言っていて、ふと自分を振り返ると、同じような悪癖を持っていることが往々にしてあるからである。もともと誰もがよく似たような暮らし方をし、似たような問題を起こし、同じようなやり方でそれを切り抜けているだろう、と見えても、やはり同じようなまずい解決策しか講じていない現実を知るとおかしくなったり悲しくなったりすることはよくある。美徳は人によって大きく違うが、悪癖や愚行はどれもよく似ている、と言った人もいる。だから人間はお互いに通じ合えるのだ。

第二の理由は「そうなっている」背後には、それぞれ事情があるからである。その事情は、数分間の説明や数時間のつき合いや、履歴書でわかるわけがなく、人間は、常に

「他者の生活はわかりにくい」という基本的な恐れを抱いているべきなのだ。しかし家族の構成だけなら簡単に図に描けても、人間の心理の部分は必ずしも平明ではない。私の家庭がまさにその典型であった。

昔、外の人は誰でも、私の父をほめた。「しゃれたお父さまですね。気さくで、社交的で……」と言われると、まさにその通りなのである。しかし父の内側の顔はそうでもない。気むずかしくて、自分の思う通りにならないと、徹底して家族（対象は主に母だったが）を責めた。ついでにまだ子供の私にも暴力をふるったり、夜眠らせないこともよくあった。

そんな時、世間は誰一人助けてくれる人はない。「今なら児童相談所（児相）という機能があるでしょう」という人もいるが、あの手の役所が根本から解決してくれると思ったら大まちがいだ。それに、それ以前の問題として、どの子供も、自分の親に関する悪評など、世間に洩らしたくない。

最近も父母から体罰を受け、寒い冬に監禁されたりして死んだ子がいた。今では救済の組織もできているから、早く助けを求めれば、何とかなったかもしれないと無責任な世間は言うのだ。もっとも子供たちは救済してくれる役所があることなど知らないだろうし、知っていても決して助けを求めに行きはしないだろう。

子供はいつだって、親の名誉を守りたいのだ。だから肉体的な危害を与えるような父親からたとえ殺されようとも、その事実を訴えたりはしたくない。それが自然の人情というものだ。

私は幼稚園の時から、カトリックの修道院の経営する学校に入れられた。母は日本の田舎の仏教徒の家庭の出だから、実はキリスト教などわかるわけがない。しかし私にはそういう教育を施し、いつも意識の中に自分の実像をつきつけて、決して思い上らせることのない神、それでいていつかは必ず救いの手をさし延べる神の存在を信じている生活をさせたかったようである。

神の存在を意識していると、人間は他人にも自分にも嘘をつけなくなる。嘘をつきたい時は、「今自分は嘘をついている」という認識のもとに、つくようになる。その瞬間から、嘘が少しばかり真実の方向に寄って来るし、それが人間としての深みを増すことになる。それでもまだ必要なら嘘をつきたい部分が人間の中に残ることはしばしばあるだろう。それが、文学の担当すべき領域なのである。

これらのことは、しかし人間が生き抜いていて、初めて発生するドラマである。生きていなかったら何も起きない。嘘つきも正直者も生まれない。嫁と姑の相剋に組み込まれた当事者は辛い思いをしているのだが、それも生きている証である。

母が、幼稚園の時から私をカトリックの学校に入れたのは、一人っ子で兄弟姉妹がいなかったからだと、言っていた。人生で苦難に遭った時、相談する相手もいないから、神様にご相談できるように、ということだ。事実身の上相談というものは誰にしても、ろくな返事は返って来ない。若い時に私は新聞の身の上相談の回答を受け持つことになり、「私のような者が、お答えできるわけはないのですが」と言った。するとその欄の係りの記者の中で一人、「いや返答になっていなくてもいいんですよ。『こんないい加減な返事でごまかされるくらいなら自分で考える』と奮起する人がいたら、それはそれで、立派に回答の役目を果たしているんですよ」と言った人がいる。やはり新聞記者の中には、賢い人がいるものだ。

最近私は次回のエッセイを、こんな風に書き始めようと考えていたことがあった。何のテーマで、どこの雑誌に書くとも決めていない、いわば架空のエッセイである。

「私は東京の典型的な中産階級の家に生まれた。家族は律儀な性格の人たちばかり揃っていて、家の中には曖昧な人間関係や、物の存在はなかった」

つまりお金でも物でも、人間関係でも心理でも、すべて説明のつくものばかり、ということである。不明確な部分がない、という点では市民としてまともな暮しだが、心惹かれる神秘的な部分はない。

キリスト教では、自殺は大きな罪とされている。対象が他人であっても自分であっても、殺すという行為は、大罪である、と考えるのだ。

そのような次第で、私は問題のある家庭に育ち、私自身の境遇上でもごく若い時から穏やかな生活をしたことがなかった。十代から、「死んだ方が楽だ」と何度思ったか知れない。それでも「自殺は大罪」とするカトリックの戒めがブレーキになったし、自殺はどう考えても、私のような平凡な生活者には似つかわしくない大ドラマであった。だから私は「恥ずかしくて」止めたのである。

死んで楽になることを求めて、現世に生きている自分を殺したために、魂が永遠に罰せられるのはたまらない、と計算しても、自殺はやはり割に合わなかった。そのうちに、人間は一生涯、適当に苦しんで生きて普通なのかな、と考えるようになったのだ。ただ、苦しんでいる人を見たらほんの少し楽になるように手を差し延べるのが、「人間的」というものだろう。

もう一生が間もなく終る、というこの年になっても、それ以上のいい考えは浮ばない。人間は生きていてこそ人間なのだから、その素朴な原則の通りに生き抜いて、少しの進歩もなく一生を終えるのだって、又人間的なのである。

昔から義務と言われるものはすべて現実的である。納税、養育、教育、看病などは明瞭な義務だし、目の前で倒れた見知らぬ人を助け起こすことや、年老いた親をみることも義務だと思うが、現代では自分を愛さなかった親の面倒はみなくていい、と言い切っている子も珍しくない、という。

しかも「みる」ためには、心や言葉を優しくするだけでは済まない。現実に共に住むか、見舞いに行くか、お金を出すか、食事を届けるか、何らかの「かかわり」を持つことになる。それは不愉快だからしない、という論理も現代では通用するようだ。だから平気で、実の親でも兄弟でも捨てて顧みないのである。

もちろん人間が他者を助けるのは、ロボットが生身の人間を介護するのとは違う。必ずいささかの憐れみの情を持つからである。肉親や友人でなくてもいい。病気だと辛いだろう。もう少しまともな食事を食べたいだろう。この寒さは年寄りの身には応えるだろう、という一般的な感情移入で、私たちは他者にも通じる人間的な反応を持てるようになる。

しかしそのような心の動き方をしない人も、「今はいるよ」と言われれば、その解説も頷ける。昔は、「君は変わっているね。普通はそういう時、黙って見ていられないものなんだよ」などと言われると、自分の精神はまともではないのか、と感じてぎっくりしたものである。しかし現代は違う。「私はあなたと違うんですよ」と開き直ればそれで済むことだ。

昔は庶民にも美学があった。自分が慈悲の心を持たないのは恥ずかしい。少なくとも他人にそういう事実を知られたくない、くらいの見栄はあったのである。しかし今は誰もが、何の縁もない他人や嫌いな身内は助けなくていい、と考える冷酷さを持っても、それが自然だと考える。

個人が全面的に他人を助ける義務はない、というのは、確かに一つの、法律的な考え方だ。いや法にも、慈悲や情の要素はれっきとして含まれているのだが。それ以前に徳の一部として義務があるかどうかを議論しているだけで、人間の時間は過ぎてしまう。私たちの人生の持ち時間は、そんなに長くはない。それで迂遠な議論は誰もしなくなった。

昔は、直接の知り合いでなくても、自殺した人の話はいくらでもあった。秀才の誉れ高かった旧制の一高生で、華厳の滝に身を投げて死んだ人のことは有名で、彼の書いた遺書の一部を多くの人が（無論私も）暗記していた。

自殺は当時から、世間にその行為を知られるということで、秘密にはできない行為だった。そして私は、自殺するのは非凡な人でなければいけない、と感じるようになっていた。つまり複数の恋に苦しんで自殺するのは、美女でなければいけないのと同じで、魂の苦悩から自殺するのはそれだけの哲学のある人で、私にはその資格がない、と感じる程度には、己を知るようになったのである。

5　成功するには「運・鈍・根」が要る

「なぜ小説家として生きる道を選んだか」ということについて、よく聞かれる。得意な学科があまりなくて、国語と作文だけが「ややまし」だったからだろう。

うまく説明できそうにないのだが、私は幼い時から「人間関係」を恐れていた。どんなふるまいをしても何と答えても、結局は相手を傷つけるだろう、ということが目に見えていたからである。この年になれば、それも実に思い上がった感覚だとも言えるのだが……。

人は、他人の存在など、それほど深く気に留めていないのかもしれない、のである。

カトリックの学校に育ったので、私は幼い時から、修道院で暮らすことも、空想だけではなく、かなり現実的な選択として考えていた。ところが修道生活の片鱗でも知ってしまうと、世間からの隠遁を不可欠の条件にする修道生活というものも、世俗の暮らしより遥かに濃縮した人間関係を強いられていることもわかってきた。

簡単に説明すると、一般の社会で友人と喧嘩をすれば、その人とつき合わないで済む。同じ部屋に下宿している友人とだって、対立すれば、夜遅くまで夜遊びに出かけてしまって、相手が寝た頃にこっそり帰って来ることで、口をきかなくて済むかもしれない。しかし修道院という所ではそうはいかない。朝起きてから寝るまで、共同生活を強いられる。会話は禁じられても、常にお互いの顔の見える距離で暮らすのだ。

しかし考えてみると、人間として暮らすということは、必ず家族か他人と生活を共にすることなのだ。このことによって、私たちが受ける恩恵が複雑になることは、想像以上である。

今私たちが受けている、インフラ機能のすべては、町が発生し、居住者の数が増え、その結果多様になったニーズがもたらしてくれたエネルギーの結果である。隠者のように一人で暮らしていれば、喧嘩はしなくて済むかもしれないが、食生活だって侘しいものになる。山野に自生する草根や果実を食べる他はない。

つまり文化とは、他者と暮らすことになった社会に発生したものである。「人はすべてのものに対価を払わねばならない」と最初に言った人は誰なのか、もちろん私は知らないのだが、実に当然のことを明確に言ったものだ。今日の私たちの生活の「便利さ」は、すべて対価を払わねばならないほどのものだ。公共の乗物、電気水道ガス電話などのインフラ設備、町の機能性——それらの恩恵をただで使おうとするのは、少々図々しすぎる。しかしその利益を大勢の人が受けるなら、頭数で費用を割れば、それは安いものになる。

東京都民の電気や水道はそのいい例だが、利益を受ける人の数が時には、一千万人単位になったりすれば、公共の設備はいわば当然のもの、ほとんどただに近いものか、ただと見なしていいものに思えてくる。そういう例が身近にふえると、次第に人間は、あらゆる公共の設備とその結果の便利さは恩恵と考えられ、対価を払うことなど考えなくなる。

仮に、一人の人が、こうした設備に対して対価を一切払わなくなれば、それでもそのシステムはしばらくは動き続けるだろう。仮に私一人が電気代、水道料を払わなかろうと、東京都の電気と水道の機能は関係なく続くはずである。

しかしこうした、無責任な思考は、感染症よりも早く蔓延する。誰だって自分が損をしたくないのだが、払うべきものを払うのを「損」と感じる人間が、社会を自滅の方向に押しやるのである。

私は中年以後、家庭菜園をするようになったのだが、小規模なものでも、畑仕事をすると、人間の生命の共同責任のようなものがよくわかる。私は水稲までは作らなかったが、水田を作れば、個である自分が、社会全員の生命や存在とどう関わっているかを否応なく感じさせられたであろう。

村に流れ入る水流は、その水の総量を村民の持つ田畑の間でどう分けるかということは、金銭以上の問題だ。水がないと水稲は育たない。しかもその水源はただなのである。ただだからこそ、分け方がむずかしい。その結果発生する利益は、村民の数人が一人占めしていいというものではない。めいめいの持つ田畑の位置や面積も違えば、そこに導かれる川の支流の水量も違う。もちろん現在、各地の大規模な農業協同組合が管理する農村で、それらのことは、計算され組織化され機械化されているわけだから個人がしたい放題できるわけではないが、それでも私たちは時々思いちがいをする。

菜園を造り始めてしばらくすると、私は鶏を飼うことにした。

ちょうど五十歳の頃で、私は深刻な眼の病気を患っていた。そのまま悪い方に向かって視力を失えば、私は執筆することがかなり困難になるはずだった。それでも生きていかねばならない。そうなったら、何でもいいから手さぐりでできる小さな仕事をふやしていかねばならない。鶏を飼おうと計画したのも、その日のためだった。しかし私の養鶏業が成功しなかった理由もついでに書いておくべきだろう。私が数羽の牝鶏の間に入れておいたたった一羽の牡鶏のせいだった。彼は自分の存在を示したいのか、まだ暗いうちから精一杯の声で啼くのである。

それは大変「いい声」で、未明から沖に船を出している同じ村の漁師さんたちからも「おたくのおとっつあん鶏は、いい声で、沖の方でもよく聞こえるだよ」と言われるほどだった。ただその時間が、午前二時少し過ぎなのである。私たちは自家の牡鶏のために、必ず午前二時台に目を覚ますことになった。夫はそれに往生して、村で「ヒナを孵すから牡鶏もほしい」と言う人に「牝鶏もろとももらって下さい」と言って、あげてしまったのである。

幸いにも鶏以外にも私はマッサージというか、指圧の才能にかけては、天性の素質を持っていた。今でも、人の体をもむことなら、玄人並みだという自負を持っている。何かの理由で書く仕事ができなくなったら、私はすぐ指圧師の免許を取る。そして少なくとも東京では「うまいので評判」の指圧師になる。……というあたりまでは、私は自分の未来の物語を作っていたのである。

人間は誰でも生きる目的を持たねばならない。その目標となる道を探るには、二つの手がかりから模索すべきなのだ。

一つはそのことに関心がある、ということ。関心がなければ、仕事は長く続かない。人間、好きでない道を長く歩くことはできないのだ。だから好きな道のない人は、それだけで、人生で成功する率が減ってしまう。

二つ目は、そのことが少しは社会に役立っているということだ。別に役立たないことには、一切の存在価値がない、というわけではない。しかし一人の人間の好きなことは、必ず数人の他人も好きなことが多い。

今でも冗談に、もしあの時失明してマッサージ師になっていたら、私は小説を書くよりもっと人のためになる仕事ができたかもしれない、などと言っている。しかしこれも甘い判断だ。世間で評判になるほどのマッサージ師には、そうそうなれるものではない。ただ少しいいわけをすると、私の掌というか指は、相手の「悪いツボ」の場所に自然に行くのだ。何というツボは「第何番目の胸骨の何センチ左」などという理屈ではない。相手の肌と私の指は、ちゃんと秘密に通じ合っていて、私の理解できない言葉で喋り合っている。私は喋れないけれど、彼らの言葉を感じることだけはできるのである。

しかしこうした盗み聞きの関係に入る場合、思い上がってはいけない。この才能は自然に備わっている代わりに、或る日突然取り上げられることもあるような気がしている。

こうした繋がりは、説明可能な理論や、紙に図として書ける関係とは違って、その存在を証明できない。

私は小説家になることを目標にしたために「表現者」として修業をしなければならなかった。「物書き」になったからには、誰にでもわかる言葉で、どんな難しいことも伝えられなければならない。難しいことだから伝わらないのでは困るのだ。それには、職人芸と同じ修業が要る。小説家になるために必要なことは、文章の才能でもなく、ストーリーテラーの素質でもないだろう。それはひたすら書いて書いて書き続けられる、鈍ではあるが、根気のある性格と、人間の力では左右できない運があるかどうかなのだ。

一人の人間が小説家になれるかどうかは「ウン、ドン、コン（運鈍根）」があるかないかにかかっている、という人がいる。これは小説家になる道だけで問題になる要素ではない。研究者でも、登山家でも、画家でも、企業家でも、すべてこの三つの要素が揃った時に成功するのである。頭がいいかどうか、生まれ育った家庭がよかったかどうか、などということはほとんど問題にならない。それを思うと、望んでいた秀才大学に入れるかどうかなどということは、大した目標ではなく、実に低い目標であることがよくわかる。

　未来に永い年月を持つ若者たちは、最低限これくらいのルーズな視野を持って物事を考える癖をつけることである。

6 人間は神に操られる「木偶」でもある

戦前、私が育ったような典型的な小市民の家では、周囲の生きている人について、独創的な判断をしなければならないことは、極めて少なかった。どの家にも、日本社会で古くから常識とされているしきたりと判断があり、外との関わりは物質的なことに決まっていたから、その範囲で処理すればよかった。つまり個人の哲学的な思考や選択が必要とされることはあまりなかったのである。

何をするにも常識の範囲内でのルールが決まっていた。庶民の間では情とか誇りとか、「食べること」には関係ないことが、その人の魂にとって大きな意味を持つ、とはあまり考えられていなかったように思う。楽だと思えば、そのような個人の思考停止状態でも生きられたのだから、便利だったのかもしれない。

今、その人を食べさせることによって救う方途は、昔と違ってデリケートに考えられるようになったことを、私は重く見ている。私の子供の頃、東京にはごく普通に「乞食」がいたのだ。「乞食は差別語だから使ってはいけないのよ」などという人もいる。しかし私は表現者として、歴史的な用語を使う義務があると思っている。「乞食」という言葉さえ使わなければ、乞食をしている人がいる社会状態もないように思っていられるなら、こんな簡単なことはない。当時、自力では食物も衣類も買えず、家も住む場所もなかった人のことを「乞食のような暮らし」と言い、社会もそれを組織的に救う方法を持っていなかった。貧困の解消は、個人的な仕事だった。乞食はなぜか、ほとんどが女性だった。貧しい一家の男は隠れていて、女性がもらって来る金をピンハネして食べる、ということになっていたのだろうか。

乞食が最も多くいたのは、今の有楽町駅の近く、一時代前には日劇という美空ひばりの公演もした劇場があったあたりだ。乞食はコンクリートやアスファルトの道の上に直に座り、これ見よがしに哀れっぽく乳飲児を抱いているのもいた。缶詰の空き缶を前に置いて、道行く人がそこに小銭を投げ入れて行く。抱いている赤子は他人から借りてきたものだ、という説もあった。

乞食は当時は教訓的な意味さえ持っていた。怠け者で働かないか、お酒ばかり飲むか、博打ばかりするような人はああなると、親だけでなく親戚の叔母さんまでが、そう言って子供を脅かしたのである。別に母のことを庇うのではないが、母はそういうことは言わなかった。知人の女性で結婚してみたら、夫になった人が酒乱で、ほとんど働かない。ただその女性が母の所にお金を借りに（もらいに）来ていたのを、小学生としてみていた私は、あの人はうちでお金を上げなければ、銀座の道路の上に座るのか、と思っていた。

ついでに言っておくが、世界的に乞食もまた一種のれっきとした労働だと解釈している国があることがわかったのは、後年イタリアで玩具売り場を見ていた時である。そこには簡単な電池じかけの動作で、さまざまな仕事をする人形が売られていた。オレンジの実をもぐ男はたわわにみのる実を笊（ざる）に取り入れるために、腕をほんの少し上げる仕草をしてみせるのである。

井戸の水汲み人夫もいる。畑を耕す人もいる。その中に乞食もいた。手に持った笊は恐らく小銭をもらうためで、それを道行く人の方にさし出す動作をする。しかし私が感動したのは、この乞食が他の職種の人形に混ざって、立派に職業人として扱われていたことである。

それが妥当だと私は思った。お父さんかお母さんが毎日乞食をしに行って、その日家族が食料を買うお金をもらって来るという家庭も戦前はあったのだ。これは職業以外の何ものでもないではないか。

しかし社会は、乞食を差別を受けるべき仕事と判断したようだ。私は修道院の経営する学校で幼稚園から教育を受けたのだが、そこでは乞食という言葉は、一般の人々より、多くのニュアンスをもって、かなり頻繁に使われていた。

神父たちは修道院の仕事や経営する学校の建物の建設のための寄附などをもらいに行く時、「これから乞食に行きます」と笑って言うこともあった。自分のために金を求めに行くのではない。子供たちのためにお金をもらいに行くのだ。これは「神の乞食」になりに行くのである。思い出したのでついでに書いておくが、多分今でも、「神の奴隷」という発想や言葉は、カトリック社会に残っていると思う。

通常の奴隷は決して世の中で歓迎されるものではない。しかし神が望むような事業のために、ほとんど報酬なしに働く人たちのことを、カトリック社会ではしばしば尊敬をこめて「神の奴隷」というような言い方をするのである。神の奴隷は現世の計算では損と思われるような仕事をする人たちのことだ。

少し若い頃の私は、身体障害者たちをサポートしながら聖書の勉強にイスラエルなどに行く団体旅行の旗ふり役をしていた。出発前に初めて全員が顔を合わせ、少しでも体力、視力、気力などが残っている人が、それらを失った人たちを支えて旅するのである。

一人で参加した七十九歳の男性は、集合した時は自分の年を考えて支えてもらう側のつもりであった。しかし当時健在だった私の夫は、人をこき使う名人だったから、貴重な男手が見つかったとばかり、この人を力仕事をするグループに入れてしまった。その人は、お金を払って、労働を強いられ「びっくりした」と言っていたが、結果、その印象的で「おかしな旅」を非常に喜んでくれた。「参加する」というのは、こういうことだ、と感じたというのである。

助ける側になるか、助けてもらう立場になるかは刻々違うこともある。それが人間社会のおもしろさである。

その仕事をふりわけるのは神だというのが、私たちの考え方なのだ。だから、「弱者」というレッテルをほとんど使わない。世間的「弱者」が世俗的「強者」を助ける側に廻る例など、いくらでもあるからである。

現に障害者が混じっている外国旅行は、常識的に言うと非常に困難が大きくなるように見えるが、多くの場合信じられないほど輝かしい助け合いの行為が生まれ、貴重な思い出を残す。それは団体に、一致して守るべき中心的な存在があるからで、障害者が立派にその核の役目を果してくれている。

サポーターが女性ばかりなので、車椅子をどうしてこの急坂の上まで運び上げるのかわからないような場合でも、必ずそのあたりで、誰か見知らぬ助け手が現れる。外国だと観光客としてその辺にいた人が、最も困難な階段の登りに、突然出て来て助けてくれるのだ。

最後の一段を登りつめたところで私たちが、「サンキュー（英語）」か「メルシー（仏語）」か「グラツィエ（イタリア語）」か「ダンケ（ドイツ語）」か、どれでお礼を言うべきか見定められないうちに、この何国人ともわからない無言の手助け手は、任務を終るとにっこり笑って消えてしまう。しかしこのような困難な時に必ず現れてくれるこういう人たちを、私たちは「（無言の）守護の天使」と呼んでいた時もあったのだ。

しかし、（いやな言い方だが）社会的弱者という区分がまるで正義の証のように成り立ち、その分け方に従って、人間が自然に持つはずの「同情」まで、等級や質が明快に分けられるという社会的構造の中では、人間が助け合う自然の人情の計測のうまみもなくなって来てしまったように感じられる時がある。

実に私たちが感動すべき物語や奇遇として、あとあとまで語り継がれるのは、小さな事故や不幸の時に、突然現れてくれる運命の担い手のような人々のことなのである。その役目を誰がいつどう果すかは、事が起きる前には決して見ることができない。こういう成り行きを「アド・リブ」というのだが、アド・リブは「即興で」「思いつきで」というような意味で、人間が予期せずに取る行動の一つではあるが、その背後に神の存在や、人間の深い知恵の証を見ることも多いのである。

人間は一個の操り人形で、そこから人間は「神の木偶（でく）」だという表現が、私にはしっくり心に沁みる。人間は人間だけでは本当は何をしていいかわからない。何か起きた後、慌てて暴走してしまった人の行動が、別の人物を助けることもあるが、それなどまさに神の木偶として行動した結果の典型である。

もちろん私にも常に冷静な判断のもとに行動したい、という思いはあるが、過去をふり返ってみても決してそうはいかなかった。だから私が一生に少しいいことをしても、卑怯なことをしても、それは決して私の本質ではなかった、とこれは言い訳のような言葉になるが、私がいつも用意している科白（せりふ）なのである。

7　義務が生じる背後には「必要」がある

昔から義務というものは、常にかなり鬱陶しいものであった、私にとっては……。

義務という言葉を聞くと、私は単純にもバッキンガム宮殿の前の衛兵を思い出す。直立不動で、まばたき一つしないほどの姿勢で、交替する時にはバネ仕掛けの人形のような無駄のない動きをする。その動作は、人間離れしていてみごとなので、見物人はそれを眺めに行くのである。

彼らは、あのような動作を義務としているのである。

義務が生じるのは、背後に必要があるからである。必要がある時に必要なことがなされるのは、見ていても気持ちのいいものだし、世の中の仕組みに安全も与えるのだろう。当事者は、或る程度の納得のもとにその行為を行っており、結果、自他に充足が与えられる。

人間の幸福感などというものは、何によって満たされるのか、本当は誰にもわからない。簡単に理解できるのは食欲くらいなものだ。

飢餓を感じている人は、とりあえずお腹いっぱい食べられれば満足する。いつも何か好きなものが食べられて、飢餓の感覚さえわからない人が多い現代には、この原始的な欲望を体験したことのない人もいるから、人生を語る出発点さえ決められなくなっているだろう。

日本社会がまだ貧しかった戦前にも、戦争中の動乱の時代にも、飢えている人はいくらでもいた。戦後、社会が回復すると、私たちの関心は、食べることにではなく、太らないことになった。

太っていることは、体力の貯蓄だというふうには、考えられなくなったのである。しかし知人の医療関係者は言う。

「人間、人生に一度やそこらは、手術を受けることがあるんですよ。するとその度に、経口的な食事が摂れなくなって、回復までに平均して十キロくらいは痩せる。その可能性があるから、人間はいつも十キロくらいは痩せてもいいように、『肉の貯金』を持っているべきなんですよ」

もちろんこの言葉は、医学を知らない素人向きの説明なのだろう。今は輸液の技術もさらに発達しているに違いない。もう二十年くらい前に亡くなった私の伯父だって、意識を失って点滴で生きている間に、髪の白髪が目立って少なくなって来たのである。伯母が医者だったから、彼女が自分なりに考えた栄養満点の液を作って、輸液として入れているからだろう、と一族の間でひそひそと語る者もいた。伯父はつやつやの肌になっていたが、二ヶ月ほどで息を引き取った。それが一番の幸福だった、と身内の誰もが言った。人間にとって常識的に生きることと死ぬことは、「前提条件」であって、それが守られないことは、やはり、大きな混乱や不都合の元になることが、こういう場合にもわかるのである。

義務の第一は生きることである。

私はカトリックの修道院の経営する学校に育ったのだが、私自身、両親が不仲だったということもあって、周囲が思うような甘いお嬢さん育ちの暮らしをしたことはなかった。母は何度か自殺を考えていたことがあって、そういう場合私は当然、母と一緒に死ぬものと思っていた。

それに歯止めをかけていたのが、カトリックの教えだった。神は「殺してはならない」と教えている。自殺は自分を殺すことに他ならないから、つまり自殺は「大罪」だと私は教えられてしまったのである。

カトリック教育では、人間のあるべき姿と、そこからはずれた人間たち（自分を含めて）の扱い方の、双方を教えられた。私の心を救ったのは、人間は「まちがわない」ものではなく、むしろ「まちがえる」ことがあって当然の存在だという考え方を植えつけられたことだった。つまり理想と現実を混ぜこぜにする癖をつけなくて済んだのである。

ダメ人間を排除していたら、社会は成り立たない。そこで初めて、ダメ人間と思われる人にも、思わぬ任務が発生していることを発見する。秀才はもちろん社会のリーダーとして宝だが、そのリーダーの命令を現実に実現する多数の鈍才がいないことには、リーダーの存在意義もなくなる。

そうした社会の流れは、すべて「生きている人間」が実現する。どんな人も「生きている人間」である限り、大切な存在なのだ。

しかし誰でも青春時代に、死を考えることはある。病死することを含めて、自殺をすれば「楽になる」と思う瞬間もある。青春の生き方の背後には必ず死の想念がつきまとう。しかしそれはむしろ健全な過程なのだと私は今でも思っている。改めて言うまでもないことだが、生と死は対立するようでいて実は観念の補完を実行している。

「何で戦争が悪いか」というと「平和でないから」という人がいる。しかし人間がいつも平和だけを希(ねが)っているか、というとそうでもない。あらゆるスポーツは相手より勝ること、相手をうち負かすことを希っていて、平和が好きなはずの人間も、ことスポーツになると「勝て!」とか「負けて悔しい!」とか平気で口にする。

そうした感情の底におしなべてあるのが「生きている」ことである。「生きていること」は白い画布のようなものだ。「生きていてこそ」何でもできる。画布が白いからこそ「何でも描ける」。そのすさまじい可能性を考えると「生きている」ことを拒否する戦争や自殺の罪深さがやっと見えてくるのかもしれない。

人間の生活の理想の基本は「皆仲良く平和に」という思想だと私は思っていたのだが、そうでもない人もいた。

人生は絶えず貧困や病気などの苦難を伴っていて、それを耐えるのが人間らしさだということになっていた。私の子供の頃の教科書には山中鹿之介という戦国時代の武将の話が載っていて、彼が「願わくば我に七難八苦を与えたまえ」と祈ったというので、単純な私は驚嘆してしまった。私だったら「願わくば我が受ける七難八苦を取り除きたまえ」と祈るところだ。

この人は尼子氏の家臣だったが、四十歳未満で殺害されている。戦国時代の武士の一つの典型的な生き方だったのだろうが、彼の生涯と比べると、大ていの凡俗な現代人の生涯も悪くはないように思える。

ことに私は十代の前半に第二次世界大戦を体験した。日本はこの戦いに負けたのだから、日本の女性や子供は戦地になど行かず、安全な内地に暮らしていても、空襲を受けたり、食べ物がなかったりした。つまり命の危険を実感したのである。私の生涯で、底辺の生活をした時代でもあった。

どこからうつってきたのか知らないが、その頃私の髪にはシラミがたかっていた。

自分の髪にシラミがいる、とわかったのは、戦後すぐ後の冬で、手袋をはめた手で髪をさわった時だった。編目の上で、ゴマ粒より小さいのに、何やらうごめくものがある。それが小さな虫だったので、私はぞっとした。友だちに知られてはならないと思って、平静をよそおった。電車の中でノミをもらって来ることはあったが、シラミは飛ばないから、自分が不潔になったのかと思って、私は震え上った。しかし後でわかったのだが、私の髪のシラミは、動員されている工場の作業台で頭をくっつけるようにして働いていたクラスメートからもらって来たものだった。

生きているシラミそのものの駆除は意外と簡単だった。毎日のように髪を洗ったし、生みつけられた卵の莢(さや)も毎晩のように母が取ってくれた。生きているシラミは、洗えば落ちたが、莢の中で生命を保っている卵は洗っても取れない厄介ものだったのである。この卵を駆除するために、一族の中で一番おしゃれな叔母が前髪にウェーブをつけるために持っていた焼き鏝(ごて)を貸してくれたので、それで焼き殺した。虫はわからなくなったが、髪に生みつけられた卵の莢は、一個ずつ指で梳(す)くようにして取らないと除去されなかった。

シラミがわいたという事実は、非常に悲しかった。私はほとんど生まれて初めての屈辱を味わった。自分の親が「乞食！」と罵られたと同じような悲しみだった。

今、私たちが病気やその他の理由で、髪を相当長期間洗わなくてもシラミなどわかない。シラミがたかるのは、一種の社会現象の反映で、不潔が原因というより、人々の栄養状態が悪くなるからだという説もある。

戦争がなければ、私は屈辱を伴うような生活の貧困や、シラミで感じた文化的貧困（衰弱）の悲しみなどというものもわからなかったろう。それらを体験した（それらに出会えた）ことが、年を取ることの意味でもあったのだ。加齢という体験の積み重ねはしぶといもので、どんな現象にもそれなりの意味や効果を感じてしまう。ただ悲しみは一種の詩であり得るが、意味の発見は、知恵にはなるが、詩にはならない。だから詩は青春のものだ、ということだ。

人間の皮膚にも老化のきざしははっきりと窺(うかが)えるが、思考もその原則を逃れることはできない。しかし地球上のものが、時の経過という運命を拒否できない以上、思考も老いていいのだ、と私は考えている。私はカトリック系の学校に幼稚園の時に入れられたので、ごく幼い時から、先生の修道女たちが「私たちは、永遠の前の一瞬を生きているにすぎません」「この世は、ほんのちょっとした旅路なのです」と言うのを聞いて育った。私もけっこう反抗的な生徒だったが、修道女たちのその「呟き」が間違いだったと思ったことはない。

8　人間の持つ「非人道性」を自覚しておく

私は五十歳を目前にして、幾つかの視力障害を残す眼の病気をして、後半生は盲人の暮らしをするかもしれない、と思っていた。しかしその場合でも、私にはまだ比較的よく聞こえる耳が残っていた。五感を補う、一つの大切な器官である。もともと強度の近視だったから、人の顔はほとんど覚えられず、六時間前に会った人にでも、服装に特徴がなければ「初めまして」と挨拶するほどだったが、一度聞いた声は覚えられた。

物質に関しては、たくさん持っている方がいいのだろうが、才能に関しては、空の部分も大切らしい、と私は気づくようになった。つまり相手を受け入れる入れ物が空いていないと何も入らない。

健康がその典型である。私は昭和二十年代に、いわゆる青春を過ごした。戦争が終って、徴兵制もなくなり、どうやら食料にも困らなくなり、文学などという「たわけた」

ことに関わってても周囲が許してくれる環境になった。まだ貧乏の痕跡は残っていたが、安酒ならたっぷり飲める時代になったのである。

しかしその頃文学の修業をしていた私たちの仲間は、次々と倒れた。結核、肝硬変……今なら若者が死ぬはずのない病気のように思える。いずれも過度の飲酒がよくなかったのだ。終戦前後の社会の貧困がこういう形をとって表れたのかもしれない。最近になって、私は戦後の日本の傷あとを一身に背負って死んだように思える彼らの生涯を、いたましく思い返している。

その一方で太宰治の作品などに惹かれたのも、人間を滅ぼす宿命的な性格でさえも、ほんとうにその人にとって不都合なものではないどころか、むしろ貴重な才能と思わざるを得ない、というような根源的な疑問点も投げかけられた時代だった。つまり、私もまた、自分らしく生きたい、とは思っていたのだが、自分らしく生きることは世間の良識なるものに対する「矛盾」そのものであり得ることがやっとわかったのである。

物を書く上で、かなり長い間私の行く手に立ちふさがった「空気」のようなものは、当時のジャーナリズムの世界では、進歩的姿勢を見せないと、新聞にも多くの雑誌にも受け入れられないらしい、という現実だった。それは親ソ、親中の姿勢であり、プロレタリアート的心情をことさらに語ってみせることであった。

そんなことを言うと、いや、それはまちがいだ。当時だって、どんな表現も許された、と人は言うだろうが、内情はそうではなかった。左翼的姿勢を示さないと、当時の全国紙には原稿が載らなかった。どうしてあの当時の編集者や記者たちは、軽薄に競い合うようにして、進歩的、人道的姿勢を見せたがったのか、私にはわからない。人間は皆、それぞれの人によって、人道的でありながら、同時に非人道的悪も持っているものなのだ。そして又、そんなことは、改めて言うほどのことでもないくらい当然のことなのだ。

しかし当時のマスコミは進歩的ではないことを書くと、ほんの一つか二つの出版社以外ではその原稿は掲載されなかったのも事実だった。私は自分の未来に希望を持てなくなって、或る日夫に言った。

「もう日本から逃げます」

すると彼はおかしそうな顔をして「どこに行くのさ」と尋ねた。

「ブラジルにでも行きます」

ブラジルなら数人は知人がいた。

「ブラジルで何をする？」

「お芋でも作ります」

私は畑仕事の真似事をすでに体験した後であった。

「書くより、お芋を作る方がうまいとも思わないけどね」

夫は頭から信じていないようだった。

こういう成り行きを今読みなおすと、信じがたいほどばからしい話だが、当時は避けられない現実であった。

しかし結果的に言うと、私はしぶとく現場を去らなかったことになる。その代わり、盛大に人道主義ぶる風潮と闘いもしなかったし、妥協もしなかった。ただじっと嵐をやりすごしたことになる。

私は気強く状況を受け留めていた、と思われそうだが、現実は八方ふさがりの感じだった。もっともその中で、新聞では産経新聞社、雑誌ではほんの一、二社だけが、その波に乗らず、溺れそうな作家をこっそりと救っていたのは事実である。しかしマスコミも怖い。水に落ちた犬を叩くのに棒を持って集まるところが殆どだったのである。犬としては、とにかく溺れないようにした方がいい、というのが私の実感だった。

雑誌というものは「雑」誌なのだから、さまざまな思想、いろいろな書き手があって当然だと、私は早くから思っていた。中の記事の内容に矛盾があっても本来はそれが雑誌の雑誌たるところなのだ。しかしいざとなると雑誌は臆病なのか、その違いを残しておけないらしかった。

その当時、私の心理に少々役に立っていたのは、それよりはるか昔に、英文でサドの『ソドムの百二十日』を読んでいたことだった。まともに全巻を読み通さなくても伏せ字の部分もあることだし、「これはまあこういうものなのだろう」とあたりをつけて読み終えたのである。

内容が人間的かどうかは別として、同じようなパターンのものを、これだけ書けるのは大したものだ、というのが、サド作品に対する私の印象だった。誰にも非道徳的で、反良識的生き方に対する秘かな魅力はあるだろう。だからと言ってサディズムだけで人間の興味を惹きつけられるものではない。だから私はサドの作品を資料としては家におくが、くり返し読んで楽しんでもいない。しかしマスコミ全体が狂ったように「人道的でないものを閉め出した時代」が存在したことを思うと、少しでも非道徳的、非人道的思想の存在を自覚していることは、息抜きの穴を確保するにも似た大切なことに思える。

そんなことは、文学の世界では極く当たり前のことだと思っていたのに、爾来マスコミも人道主義を見せびらかすのに狂奔して、そうでない姿勢を取る作家を閉め出すものだ、とわかった。二度と騙されないようにしようと、今は用心している。

当時、多くの作家が、招待で中国に行ったが、もちろん私は招待を受けたことがない。その頃、お金さえあれば中国へ行ける時代ではなく、先方の招待が必要だった。私が中国に行けたのは、日本政府が一九七五年に日本からの学術文化訪中使節団を選ぶにあたり、私を団員の一人に加えてくれたからである。私はほっとした。恩になるなら、日本国家から恩を受ける方がいい。中国にアゴアシつきで招かれて、中国を批判することは一切書かないより、日本国民の税金を使わせて頂いて、作家らしい報道をした方がいい。

中国では、こちら側に小説や戯曲の作家が数人いるというので、先方の作家と会う機会を作ってくれた。礼節の国である。

先方のペンクラブの会長という大作家も出席してくれて、話は和やかに進んだ。ただ会長が得意そうに、

「中国では、小説の筋を労働者、農民、兵士に聞いて決めます。日本ではどうしていますか」

と尋ねたので、私は思わず手を挙げて言った。

「日本ではそういうものを文学とは言いません。それは政府の宣伝文書です」

この危険な会話も事なく受け止められた。私たちの乗った帰りの飛行機が北京を飛び立つまで、冗談にだが、私一人は留置されて、黒龍江省送りになるかもしれないと考え

ていた人が数人いたが、私の気短な性格が穏かに受け止められたのは、相手が礼節の国の人だったからだろう。

9　人生は「何がよかったか」わからない

いつの間にか、私は今のような暮らしをするようになった。「土人」という言葉は、今では差別語ということになっている。しかしそんなに悪い言葉だろうか、と私は思う。「土人」はそもそもその土地生まれの人という意味で、必ずしも悪い意味ばかりではない。私など東南アジアで旅をしていると、しばしばその土着の人にまちがわれた。或いは中国人に見られた。人種問題などに、あまりデリケートでない土地の女性などに「どうして私は中国人に見えたの？」と聞いてみると「背が高いから」と言われる時もあり「英語を話すから」と言われた時もある。正確さのために付言すると一般に中国系の人の英語はなまりがひどくて、決してうまいとは言えない。ただ度胸があるのと、耳から入った語学だから、日本人で東大卒の知識人の英語より、通じやすい、というだけのことだ。そして私は、「どうせ外国人の話す英語なのだからうまくなくていい」と初めから思っているので本当の教養ある日本人のように、下手な英語にあまり羞恥を覚えなくて済んでいる。

二十五歳の時、初めて外国へ行った。当時はまだプロペラ機だけだった。一晩機中で寝て、香港で給油した。それからバンコックで又、燃料を入れて、パキスタンのカラチまで行った。

当時の日本は貧しくて「外貨」と言われるドルも持っていなかったから、個人が自由に外国に行くことはできなかった。国外へ出るには、公的に通用する旅行目的がなければならなかった。しかし私のような仕事では、外国でビジネスをするという口実も作れない。

私は二十歳の時から、一応原稿料をもらって書く作家になった。そして二十五歳の時、初めて東南アジアの数ヶ国を旅行する機会に恵まれた。或る財団が先輩の女流作家にアジアの国々を見に来るようにという招待があり、私も最若手の一人として選ばれたのである。と言いたいところだが、実際の私は、もしかすると通訳として使えるかもしれないという誤解で選ばれたのかもしれない。ところが、私は大学時代、小説ばかり書いて英語力は全くなかった。荷物を移したりホテルに泊まったり、メニューを選ぶことぐらいはできる。しかし「お座に出せる」英語ではなかった。私は関係者を騙して選ばれたのだが、外国に行きたかったので、その時だけは、卑下も遠慮もすることはやめた。そしてパキスタン、インド、タイ、シンガポール、香港などの外国の地を初めて踏んだ。

初めて南方の地を踏んだ時のことを、私は今でも覚えている。どこに招かれたとか、どんな偉い立場の方々にお会いしたか、などということは、ほぼ忘れてしまった。覚えていると思っていても、内容が不確かで信用できない。しかし私は南方の国々の体臭を決して忘れなかった。

もう今から半世紀以上も前のことだから、細部は記憶と言っても靄の中に在る。私は大きな樹の下にいる人々を見た。そこはロータリーの中のような円形の土地であった。そして男たちは腰巻きを巻いていたような記憶があり、木の幹によりかかるか、その大きな深い木陰の範囲の中で、地面に寝そべるかしていた。

私はその時初めて、外で寝ている人が、一日中何もせず眠ったり、タバコを吸いながら時間を過ごしている光景を見たのである。

外で寝ている人は、日本でもよく見た。戸外で働く人は塀の陰とか緑陰でよく眠っていたし、うちへやって来る植木屋さんは、昼休みなどをうまく利用して仕事用のゴザの上などで時々寝ていた。実は私も戸外で眠ってみたかったのだが、なかなかその機会はなかった。芝生の上に寝ころべば、チクチクするし、衿先から蟻が入るのもいやだった。昔風の母が、女の子が気楽に戸外で眠ったりするものではない、という考えに取りつかれているのも、普段の会話の中でよくわかっていた。

しかし南方の人々が、日中生きている姿勢には考えさせられるものがあった。それらの多くの人たちは失業者で、することがないから、だらだらと時間を費やしているのである。お金になる働き口があったら、水運びでも、道路工事でもするので、決してそんなにだらしなく寝そべっていたりはしない、と解説してくれた人もいた。

寝ているのは、地球の重力に抗することのない、最も合理的な姿勢だと、間もなく私も受け止めるようになった。改めて考えてみれば、猫などの動物は、人間が考える以上に知恵があるから無理をしていない。

私は今、二匹の猫と暮らしているが、彼らは我が家の中で一番涼しい所を知っている。風通しのいい場所はもちろん、冷房の風が辛うじて到達する椅子の上とか、たまたま植物好きの私が気楽に鉢植えを置くために出窓に貼った薄っぺらい大理石の上とか、風呂場の風を取り入れるような位置にある洗濯機の前とか、実によく調査している。うちにもエアコンはあるのだが、私の性分がけちなので、こまめに電気を消す。ずっとつけ放す方が本当は経済的だという説もあるが、それでもつい、日本人的な経済感覚で、夕方までこの部屋は使わないなどと思うと、電気を止めてしまう。

それでも涼しい所はあるのだ。

私の家には一ヶ所だけ、廊下が四方につながっている所がある。私は「銀座四丁目交差点」と呼んでいる。確かに風通しはいい。それとそこに寝そべっていれば、家中のことがわかる。誰がお皿を割ったとか、誰と誰がケンカをしているなどということは、何の説明を受けなくても、ここにいさえすればわかる。

この家の電気製品のうちのトースターが壊れかかっていて接続が悪くなっているらしいことや、久しく外出をしない私が、着ようと思っていて見つからないブラウスを探して、いらいらしていることなど、我が家の猫のようにこの交差点に寝そべっていさえすれば、逐一わかる。

人生でおもしろいのは、「もめごと」だ。猫はその平凡なドラマの意味をよく知っているようにみえる。大きなドラマは人間にもその本質が見えないことが多い。大会社や政界の人事の動きなどよくわからないことが多いのだ。しかし知人の家の娘がファッションにお金を使いすぎる愚かな子だという話や、せっかくまとまった或る家の息子の縁談が破談になった理由などは、そもそも内容に正確さを求められていないからよくわかる。おもしろい「もめごと」である。

「もめごと」のない家は、平和でいいように見えるが、生気がない。自然は本質的にさわがしいものだ。雨も降れば嵐も来る。落葉も散る。これでいい、ということはない。

一家の中もそんな程度に落ちつかなくていいのだろう。

昔私は、同級生で修道院に入った親友に聞いたことがあった。

「修道院では、シスター同士で喧嘩なんかしないでしょう？」

「するわよ」

そう答えた人は、おおらかで開けっ広げな性格だった。

「理由はどんなものなの？　何が理由でシスター同士が喧嘩するの？」

「ほとんどは、『連絡不行き届き』ね。言ったはずだ、伝わってない、の話よ。どっちもどっちみたいで、どうでもいいような話なんだけど」

多分それが人生というものだ。俗世でも修道院でも、人情は全く変わらないことに私はほっとする。人間が、修道院に入ったからといって、数年のうちに性格の本質まで変わったら、私はむしろ気味が悪い。しかし連絡不行き届きだって、そのうちに、現実はそのまま推移していくものなのだ。

昔私は、広島に原爆が投下された日のことを調べていた。

或る母は、当時私と同い年だった中学二年生の息子を原爆で失った。

息子は、その日も寝坊した。母親は、月に何回もそういうことを繰り返す息子を「たたき起こし」、ご飯もろくろく食べないで出かけるという息子を「文句を言いながら」送り出した。母親にすれば、少し自業自得の味を覚えさせた方がいいというくらいの気持ちだったのだろう。親子は広島市の郊外に住んでいたのである。

もしあの時、むりやりにでもご飯を食べさせてから送り出していれば、原爆にも遭わなかったろう、という後悔を抱いたのは、決してこの母子のケースだけではないだろうと思う。「もう一電車、乗り遅れていれば」とか、「あの日、風邪気味だと言ったのだから、むりやりに休ませていれば」という言葉は、遺族の記録の中にしばしば見える。

こう生きるべきだ、とか、こうした方がいい、という選択は、人間のどの社会、どの職業にもあるようにみえる。それを理解する眼を養うことが、教育なのだと感じている。

しかしこの年になると、「何がよかったかわからない」という言葉は、ますます自然の重みを持って考えられる。人間は一瞬一瞬、小さな選択をして生きる他はないのだ。

兄弟姉妹の多い家庭では、もらいもののケーキを親が切る時だって、どれが比較的大きな一片かを、全員が目を光らせて見ているものだ。しかしそのうちに最も大きそうに見えることなど、大した意味がない、と覚るのが、大人になることなのだ。

学問をした方がいい。本をたくさん読んだ方がいい、と私たちは考える。しかし本など一冊も読んだことがなくても、幸福に生きている人に、私はたくさん会ったのも事実だ。

10　誰もが「時の推移」に呑み込まれる

著述業を生業とする人の生活は、私たちの頭の中にあるサラリーマンの暮らしと、大分違っているように見える。出勤するオフィスを持つ人たちは、大体、日課とする生活のパターンを持っている。サラリーマンの出勤というものだ。

サラリーマン当事者にとって確かに出勤は快いものではないだろう。私は昔も今も、三浦半島に縁があって、子供の時には両親に連れられて、葉山で一夏部屋を借りて過ごしたりした。戦前の日本は冷暖房の設備もほとんどなくて、夏は団扇だけ、冬もせいぜいで練炭火鉢と炬燵だけという家が多かった。我が家がその典型だったが、冬でも外気と室内を隔てるものは障子紙一枚、という家屋の構造も多かったのである。

あまりにも狭い生活空間を、少し拡げようという発想はそのうちに出てきた。日本の生活で愛用された四畳半の部屋を、戦後しばらく経ってから外国人が見たら、あまりの狭さに驚いただろうけれど、その省エネ感覚は驚くべき先見性を備えていた。後年私たちがエネルギー危機というものを体験することになった時にそれがよくわかった。

永井荷風の作と伝えられた『四畳半襖の下張』という作品は、昔待合だったといわれる古家を買い取った作家が、襖の下張りに使われていた古紙から、当時の性行為の実情を知るというシチュエーションだが、天蓋つきのダブルベッドが二台並んでいるような「広大な」寝室を使うのに馴れた外国人は、四畳半の狭さを評価するかどうかわからない。我が家で飼っている駄猫共は、明らかに、広い空間より狭い隙間が好きで、訓練次第でその性癖が治るとも思われないが……。

あの頃の日本には、断熱という機能を暖房にも使う思想はあまりなかった。考えてみれば、毛のシャツも、どてらも、すべて断熱の原理を使っているものだったが、一人の人間のぐるりを最小限の断熱空間にして、時には懐炉などの小さな発熱体を利用して、その人の体温を、外側の衣服で閉じこめたものだった。つまり公衆電話ボックスを保温室にしたのと同じ程度の狭さであった。貧乏な時代の日本人は頭がよくて極限の省エネの方法を知っていたことになる。

昔の人は、よく、四畳半くらいの部屋に通されると「静かで落ちつくねえ」とか「こういう部屋なら物事もよく考えられるだろうね」とか言ったものだった。お殿さま、と言われるような人たちのことは知らないけれど、庶民の暮らしで通される最大に広い部屋は、普通せいぜいで十二畳であった。一族が大勢で集まる時には八畳の部屋を二つないしは四つ障子や襖をはずして「ぶちぬく」ことで大広間を作る。しかしそんなことのできる家は地方の旧家くらいのものだった。

私の中にも（下らない内容であろうと）思考を可能にする空間は狭い方がいい、という抜きがたい感覚がある。多分それが、平均的な日本人ではないかと思うが、考えるとおかしなものである。

広い部屋というと、私はベルサイユ宮殿の「鏡の間」くらいしか思い浮かばない。多分に先入観に左右されているのだろうが、そんな広い部屋は、催しごとをしたり、宴会を開いて立ち話をしたり、ダンスをしたりするのに向いているだけだ。広い部屋というものは、仕切りを設置するのを怠った分だけ使いにくいと心得るべきである。その点四畳半は、使う人間の心を踏まえた立派な空間である。

私が育った昭和初年頃の庶民の家は、虫籠のようなものだった。今の防音、防湿の効果のあるアルミサッシなどというものはなく、障子と襖だけがドアだったが、この手の間仕切りは必ず立て付けが狂って来ているから換気のいいことはこの上なかった。音も洩れる。夫婦喧嘩、親子の諍い。すべて隣室・隣家にまで筒抜けである。だからおもしろい人情噺の種も尽きなかったし、暖簾をかけたり、葦簀を立てたり、せめて少しでも人の眼を防ごうとするいじらしい努力もされたのであろう。

私が初めてこの世の光景として記憶に残しているものは、葦簀の向こうに上る花火であった。数え年四つの夏、隅田川の花火だと母は言う。私は九月生まれだから、七月八月に花火の上る頃、満三歳に近い。

花火というものは、やはり生き物の通常の認識力を破壊しながら入って来るものらしく、うちで飼っている猫たちは花火の日には脅えて落ち着きがない。仕方なく、私は一部屋に猫たちを集めて雨戸を閉める。花火が始まると、私はこっそり客たちをおいて猫部屋に戻り、彼らと遊ぶか抱いていてやる。猫たちにすれば、きっと陸続きの土地で、第三次大戦が始まった、と感じているのだろう。猫たちは花火を「びくびく」と恐れる。それが可哀相である。

東京の下町に生まれ、幼時に郊外の新開地に移り住んだ私は、田舎も知らず、広い空間の中で暮らすこともなかった。思考はもっぱら建築物の中、つまり部屋の中だったから、先日も「私は自然なんて好きじゃないですよ」と言って知人（男性）に笑われた。つまり私は「自然を自然に知らなかった」のである。

その結果として、実は私は歩くのも好きではなかった。荷物をしょって運ぶのも、野っ原に寝るのも好きではなかった。荷物を運ぶのはイヤな仕事だから、人間はトラックを発明したのだし、自然の中で寝れば夏は暑くて虫に刺され、冬は寒くて眠れないから、人間は建物の中にエアコンを設置したのだ。自然愛好などという情熱にいつまでも取りつかれている人は、気がしれない、と私はいつも言っている。しかし人工の空間は常に自然に破壊されるから、人間は自然にも耐えられるように体力と知力を磨いておかねばならない、と考えているだけだ。

その思いが、人生の後半にさしかかっても消えそうになかったので、五十二歳の時に、私は有能な友人たちを誘ってサハラ縦断の旅をした。

サハラはアラビア語で荒野を意味し、八百六十万平方キロに拡がる世界一の砂漠だという。有名なミシュランのガイドブックには「世界の中の歩き方」みたいなものがあって、その中には砂漠篇もある。ミシュランは本当はタイヤのメーカーで、サハラのために特殊な仕様のタイヤも作っているのである。

サハラは決して前人未到の土地ではなく、南北行に限ってではあるが、地中海からアフリカ中部以南の土地へ抜ける車のルートが、痕跡のように残っているし、十キロ毎に巨大なメトロノームのような指標も設置されてもいる。しかし同向はもちろん対向車の砂煙であっても、見るのは二十四時間に一台くらいなものだ。私たちは六人のグループだったが、遠くにこちらに向かってやって来る車の砂埃を見ると、必ず少し緊張し、休息中なら他の人たちよりわざと十メートル近く離れるようにして立つことにしていた。

全く無駄な配慮なのだが、少なくとも私は、近づいて来る車を用心していたのである。もしかすると銃を持った強盗かもしれない。それなのに、私たちは何一つ武器を持っていない。だから応戦しようがないのだが、離れて立ったのは一挙に殺されるのを防ぐためであった。車間距離ならぬ、人間距離が離れていれば、一秒では全員を殺せない。だからと言って次の瞬間にどういう対抗の手段があるわけでもないのだが……。

武器を持たないことは無謀なことだとはっきり言った人もいるが……日本では買えない武器を、見知らぬ外国で本屋にでも行くように気楽に買いに行けるものではない。武器といえども、本来、防備に使うためには、普段から扱い慣れていないと、効力を発揮しないものだということを日本人は忘れているのである。

もちろん向こうからやって来る車の人たちは、私たち「人間」を見ると笑顔を見せ、多くの場合車を止めて、二言、三言喋っていく。私たちもお茶を沸かしていれば「一杯いかがですか?」と言い、ついでに、彼らが来た道（ということは私たちの行く道だが）の状況を尋ねる。人間の過去と未来が、ここで単純に明らかに交錯する。こんな光景もめったに見ることはできないから、私は感動したのである。

サハラでは、大きく分けて東西南北、どちらの方向に行くかしか決められない。文明の手が及んだ地点まで来て初めて人間は、東西南北ではない、東北東へ行くなどという細かい決定をする。それから後で細かい舵取りをする。もう少し南寄りに、とか、北へ寄りすぎている、とか感じる。その時、初めて人間は人間になる。東西南北の段階では、人間はまだ獣である。

しかし昨今の、ことに若い人たちは、北へ行くのか、南へ舵を取りたいのかわからない人さえもいる。それが一番困る。

もっとも日本では私はそんな形で行く先を決めたことはなかった。サハラで南下を始めた時、私たちはどこの国のどの町を目ざすか決定していなかった。いやできなかったのである。只、南部アフリカには出入国に煩いと言われている国がいくつかあり、私たちはそれらの国だけは避けたかった。しかしサハラの真中には塀も柵もない。もともと地図も道しるべもなく、ＪＡＦのように手助けをしてくれる組織もない。

砂漠を抜けた気配は、まず道端に雑草が生えてくるのでわかった。私はその気配を実は深く気にしていて、自然はどのような形で砂漠の衰退を告げるのかと思っていたが、現実はまことに呆気ないものだった。人生も同じようなものだ。劇的な変化はなく、私たちは時の推移に呑み込まれるのである。

11　書物以外の「現実」から賢さを学ぶ

それにしても身の丈に合った、というのはいい言葉だ。どんな高価な衣服も、身の丈に合っていなければ便利でもなく、温かくもなく、その人を引き立てもしない。

しかし、最近の人々の言葉に関する姿勢は異常だ。何事にも平等でなければいけない、とすぐいきり立つ。

「身の丈に合わせて頑張って」という大臣の言葉もいけないと世間は怒る。私は、自分が身の丈に合った人生を選んだからこそ、どうやら作家として生きていられるのだ、と思っている。理数系の頭は全くなく、社交も嫌い。政治も億劫。権力にも興味がない。という自分を全面拒否しないなら、自分のできることだけを少し認める他はない。まさに「身の丈」に合った人生を見つけたから、私はたった一つ、作家という仕事につけたのだ。しかし世間は「身の丈」などに屈伏したら、人生はもう負けだ、と言わんばかりだ。

そもそも昨今の九十パーセントまでのマスコミは現世で突出して勇気がない。叩かれるのを恐れると、自分が発行している雑誌まで、早々と自分でつぶして難を逃れたとしか思えない場合もあった。どんなに叩かれてもはっきり自覚して作った誌面なら、それを守りぬくのが、マスコミの好きな「魂の自由・表現の自由」というものだろう。他者にはそうした抵抗を要求するくせに、自分は事が起きもしないうちから世間に迎合して、世論に火がつかないうちから、尻をからげ、顔を隠して逃げ出すのが最近のマスコミだった。しかしそんなことを言おうものなら、その編集部の人たちは怒って、筆者の原稿を載せないこともあったように記憶する。それでも口先だけでも理想を唱えるのが「表現の自由」だったのだ。

そんな現実をよく知っているので、私は素人の畑造りをやめない。マスコミから干された場合、魂を売って文筆業を続けるよりは、イモを作って生きるつもりなのである。思想ゆえにマスコミから干される可能性は今でも充分にある。「思想ゆえ」というより

「世間の評判を恐れるあまり」、雑誌全体が権力におもねる編集をする場合はごく身近に考えられるのである。

イモを作って生きようなどと思うのは、戦争を体験した世代の喜劇的な記憶の名残である。今ではその時代を生きた人も少なくなったが、第二次大戦の終る一九四五年頃は、食料は配給制で、卵や肉のような蛋白質はことに不足していた。

蛋白質が不足するとどうなるかというと、私の場合は小さな傷が治らなくなった。当時はすべての物資がなかったから、私たちローティーンはサイズに合った靴も買えず、ズボンに下駄を履いていた。最年少の女子工員として学校から工場労働に駆り出されていたその頃の通学服である。別に不愉快な服装とは思わなかった。しかし馴れない下駄を長く履いて歩くと、鼻緒に当たる部分の指がすれて赤くなる。その痛んだ皮膚が今度はなかなか治らないのも、栄養の片よりのせいだった。というよりは、主に蛋白質の不足のせいだと、当時十二歳の子供だった私はなかなかわからなかった。

日本国民が健康面で疲弊を見出すようになったのが、一九四五年の春頃からではないかと思う。その春私は満十三歳、その九月に満十四歳になるところだったが、日本国は満十三歳の女子までを、工場労働者として動員した。私が工場で働くようになったのはその年の五月頃からで、疎開先の県立高女から市内の軍需工場へ働きに行くようになった。

朝七時か八時から（記憶が正確ではないが）夜六時までの長時間労働である。よほど学問に対する情熱は稀薄だったのだろう。私は工場労働者として駆り出される現実を少しも悲しまなかった。工場では、一般の女子工員さんもいて、私たちは同じ作業台に並んで仕上工として働いた。

当時はまだプラスチックなどという物の存在も概念もなかった。絶縁体として用いられていたのは、合成樹脂と呼ばれていたもので、軍用機の小さなパーツに使われていたらしい。その部品についてくるバリをやすりで落とすのが私たち工員の仕事だったが、これは当時動員された工場労働の中では、最も軽作業だった。作業台に向かって、やすりで小さな製品を仕上げればいいのである。私の中に、世間を見る眼のまちがいがあったとすれば、それは私が、あまりにもこうした軽労働を悲惨なものと思わず、おもしろがってしまったことだろう。

まともな感覚を持っていれば、やはり戦争によって学生が学校で学ぶだけでいられなくなった実情に、私たちは愕然とすべきだったのだろうが、私は工場労働者として社会を見られるのがおもしろくてたまらなかった。

しかし、この時以来、私は自分が親や社会から全くの恩恵として与えられている安楽な暮らしを全く信じないようになった。今日はこんな生活ができる。しかし明日もできるとは限らない。生活だけではない。今日できている暮らしのすべてを、明日もできるとは限らない、と覚悟しているのが当然なのだ、といつも自分に言い聞かせるようになっていたのである。

日本は戦争に負けたことによって、多くの日本人の運命を変えた。私の家は親が政治に関わっていなかったので、それでも変化はほとんどなかった。私のクラスには、戦争中、父が大臣になった人もいたし、戦後の政界を大きく動かした人もいた。私はそうした同級生の暮らしの変化を、遠くから見せてもらえた。直接荒波を被らずに変化を見られたのだから、私は大きな恩恵を得たのだ。

戦争中のことだが、同級生の父上が大臣になると、その日の午後、早くもドラマが始まった。眩しいほどの白手袋をはめた海軍士官が、私たちの同級生（つまり大臣の娘）を迎えに修道院学校にやって来た。普段は男性禁制の校則に縛られた学校である。その絶対の掟も忘れて、シスターたちはこういう「浮世の使者」を受け入れる他はなかった。私たちは、その環境の激変の本質に驚くだけ成熟していなかったので、只、そのお迎えの海軍士官の身のこなしがあまりにもステキだったのと、彼の手袋の白さだけを強烈に眼に残して遠くからそのドラマを見守っていた。そういう人に迎えられて早退して行く同級生をあまり羨ましいとも思わなかったのだから、幼稚なものである。

後年作家になるような素質があったからだろう、私はその後に訪れた日本の国家的貧困も、空襲による命の危険も、共に一種の人生のドラマとして平静さの中で受け入れた。願わしいことではないが、自ら作り出して演じたドラマではないことに、違った安定を感じていたのである。

私の人生の中で、ごく短期間に凝縮して、あれだけのドラマを見られた時代も時期もない。後年ナチスドイツを逃げ出して、スイス領まで辿りつく人のドラマを幾つか読み、どれだけが現実に即していたのかどうかはわからないが、私は「あれがスイスだ！」という国境目指して息を切らせて走り続ける登場人物になり切り、自分も国境に向かって走っていた。そしてその時に初めて、歌舞伎の『勧進帳』という作品の息の長さの理由も知った。

あれは今もどこかの国にあるかもしれない「国境脱出」という永遠のドラマのテーマなのだ。

戦争が終り、冷戦の緊張も解けると、あの非人間的な国境越えの恐怖はなくなったかもしれない、と思う。しかし今でも、日本国民であるという証拠がなければ、国境を越える時に犯罪者でなくても捕まるかもしれない恐怖を覚える人は世界中にいるのだろう。

『勧進帳』が初めて上演されたのは、一八四〇年だというが、この古くて新しい芝居を見ていて緊張しなくなる世の中が来るとは思えない。この緊張には、嵐や川の流れや、重い積雪や、水一滴ない砂漠などの自然の脅威は、いささかも関与していない。『勧進帳』の緊張は、すべて人間と、その制度が創りだしたものである。

それだけに、その恐怖はいつまでも続くし、永遠に新しく邪悪な姿を取って登場し、消え、そしてまた再登場する。作家としては見逃せない強烈な人間性を保ち続けているのである。

私は、世間のどんな出来事にも、涙を流すほどの感動はしない鈍感な性格だが、ベルリンの壁が破壊された時には、仕事場の隅で涙を流した。単純に人間の愚かさを歎いたのでもない。お互いに生きながら別離を味わうようになった人間の運命に同情したのでもない。

私はまず単純に、生きてこれだけのドラマを見られてよかった、と思ったのである。そこには人間の愚かさも、決して希望を捨ててはいけないといういましめも、双方がこめられていた。人間は愚かなものだったが、決して見捨てていいものでもなかった。そんなこともその年になるまで、私は現世で明確に意識していなかったのだ。そして私は、書物以外の現実から人生の賢さを学ぶということを、それまでほとんど信じていなかったのだ。何という思い上がりだったのだろう。

つまり私は中年になるまで、現実から学ぶという力を、ほんとうには身につけてはいなかったのだと思う。実に人間は、（人によっては）学校を出てからも、中年になるまで、いや死ぬまで学び続けるものなのだ。少なくとも私の場合はそうでありそうだ。だから私は、中年からやっと作家になったともいえる。世間はそう思っていないのかもしれないが、それは私が世間を少し騙していたからだ。そんな人は、私以外にもけっこういるはずだ。

12 騒ぎ立てず「穏やかに」一生を終わる

私ぐらいの年齢(と言うなら、読者に年齢を明かさねばならないが)、つまり百歳に近い年になると、学問の才能や、その他の肩書、過去の業績が物を言う場合があることは知っていても、どこかで「しかしだけどなあ」という内心の声も聞こえるのである。

何でも人の言うことにイチャモンをつける年になってもいるせいでもあるのだが、現実的にはあまりにも長く世の中を見過ぎていると、「しかしなあ」とか「何か事情はあったんだろうなあ」とも思えるのである。

年齢を重ねると、迷いが少なくなる、という人もいる。私流にこの言葉に答えを当てはめると、第一の理由は残りの人生が短くなったからである。

つまり、どっちに転んでも大したことはないのだ、と思い始めたのである。

心のどこかで、まちがった判断をしていても、それはそれでご愛嬌か、などと考えているのかもしれない。本当は決してそんなことはない。鈍才より秀才の方がいいに決まっているし、どうせ死ぬんだから、晩年の日々は健康な方が周囲も助かる。

その人にとって大切なのは、この一刻なのだ。まず飢えておらず、病気でもなく、家族に苦しんでいる人もいない、という最低の条件は誰しもがほしいだろう。

人間は、誰もが或る環境の中で生きている。いい意味でも悪い意味でも、人それぞれに唯一無二の環境だ。だから自分ですべて引き受けるほかはない。病人が大金持ちでも、大金を払って誰かにその病気の苦労を担ってもらうということは不可能なのだ。

私は、自由な国日本に生まれて生活している。それだけでも幸運な人生である。

世の中不公平だ、としきりに文句を言う人がいて、私も一部はその説に賛成だが、人間の生涯というものは、一人一人に贈られた特別の内容を持つものだと思うほかはない。

子供が幼い頃、親たちはクリスマスにプレゼントを用意した。幼稚園の時だったと思うが、私はサンタクロースへの手紙を書いた。この話は以前にもどこかにエッセイで書いたようにも思うのだが、今その点を確かめる体力がない。

つまり、私は俗物の素質を備えた性格の子供だったので、サンタクロースへの手紙に「おもちゃや本の代わりに、お金を下さい」と書いたのだ。あの時「百円下さい」と書いておけばかなりの財産になったのに、サンタクロースのプレゼントは「五十銭」だったか「一円」だったかどちらかであった。

人間の義務の最低限は、とにかく働いて、泥棒以外のことで、自分や家族を養って行くべきだ、と私は思っていたのだが、一族や知人の中に、実は一生職業につかなかったのに、立派に食べていた人も数人いる。

一人は美術品を売り買いして生きてきた。

或る日、彼はうちへ来て、次のような話をしてくれた。

先日彼は、馴染みの骨董屋へ行くことにした。約束の時間より早く着き過ぎたので、知人の骨董屋ではなく、その斜め前に店を出している別の骨董屋へ寄って時間をつぶすことにした。するとそこで、ちょっと気に入った茶碗を一個見つけた。

「安いものなんですよ。十万円とか、それぐらいなんですけど……」

つい買ってしまって、約束の時間に、知人の骨董屋に行くと告白した。

「実はね、今、前の店(うち)で、こんなものを見つけて」

というわけだ。

すると、知人の骨董屋は「××さん、この茶碗、お譲り頂けませんか」と言ったのだという。

無粋な私は、このエピソードの背後をよく理解することはできない。骨董屋同士では前の店がどんなものをいくらで売っているか知りたいところではあろうが、まさか前の店で買ったものにすぐさま少し色をつけて売るのは憚られるのかもしれない。しかしとにかくその茶碗が「いいもの」であったのはまちがいない。ほんの十分かそこらで彼は少なくとも数万円は稼げたのである。

この人は物を見る「眼」があったからこそ収入を得て当然だが、私のもう一人の知人は、学歴も私大卒で、不誠実ではなかったが、特技があるわけではなかった。それなのに、彼は妻以外の数人の女性と仲よく暮らし、結果的には彼女たちに食べさせてもらっていた。彼は自立している女性が好きだったのである。

それでも彼は妻を裏切らなかった。

毎夕、彼は四時から五時くらいになると、その日会っている女性のところから自宅に電話をかけた。

「あ、僕だ。元気か？ そうか。昨日の雨は凄かったけど納屋の雨もりは止まっているか？ うん、そうか、それは、よかった。吉次郎も元気か」

という調子である。吉次郎というのは彼と妻が飼っている秋田犬風の雑種であった。

私たち一家は、今の我が家の土地に、もう八十年以上住んでいる。その頃、東京の私鉄が売り出した分譲地を買って、父母たちは移り住み、そこに建てた家が幸いなことに東京の空襲で焼けることもなかった。

昭和十年頃に、葛飾から古家を移築して建てたという家に私の一家はまだ住んでいたのである。

だから、私は生涯に一度も、自分の好みでデザインをし、木の香の匂うような新築の家に住んだことがない。一部が新しくなっても、必ず家の一部には古材を使っているような家で暮らして来たのだ。

新築の家に住んだこともない、というのは、私にとって「ささやかな思い残し」ではあるのだ。ただ、私の中に、人生の真実として強固に生き残っているのは、「とにかく、あまり騒ぎ立てずに生き残れればいい」ということだったのだ。

若い時、初めて地方紙に小説を連載した。約一年間、一日に原稿用紙三枚ずつ書いて、約一千枚の小説になる。スタート以前に、全編書き終わっている、という作家もいないではないが、たいてい荒筋を決めて一日三枚ずつ書いて行く。この作業自体、冒険と言えば冒険だ。

スタート前、一人の先輩が私に言った。

「名作書こうなんて思わなくていいんですよ。読者は大して作品のことなんか覚えちゃいないんですから。只、一年間死なずに書き終って下さい。それだけがまあ、あるとすればあなたの任務です。無事に終りゃいいんですよ」

この最後の一言の持つ意味は重い。成功も出世も、本当は要らないのだ。只、あまり騒ぎ立てず、穏やかな笑顔で一生を終る。これだけが人間の義務なのかもしれない。

第二部　人生の光景

1　万人に等しく訪れる「疲労」がある

この原稿の冒頭は、二〇一七年二月、三浦朱門が死亡した直後に書いたもので、コンピューターの中に残っていた部分である。惜しむほどの文章ではないが、「当時」という時は再現できないので、記録として残すことにする。

世の中のすべての存在はその容器と関係あるのだが、一応の形がある。水を入れる場合は、方円の器に随って水筒にせよバケツにせよ、円筒形に類似した形になる。雲にさえ形がある。私は気象の研究に熱心な子供ではなかったが、雲の形には実におもしろい名前がつけられ、その上、その雲の形状が示す「明日の天気」とも密接な関係があるらしい。

しかし、私は最近、徹底して形のないものの存在、を感じるようになった。「疲労」

である。

今年二月、三浦朱門が死亡する直前の一月末頃、彼の血中酸素の値が極度に減っていることが発見されたので、ホームドクターが、救急車で入院する手筈を取って下さった。彼自身は、僕は家で死にたい、と言っていたので、ドクターは生半可なことではこの人もこの家族も入院して寿命を延ばすという生き方を選ばないだろう、と思っておられたらしいが、この数値は多分「待ったなし」の手当てを命じているものであった。

三浦はこの一月で九十一歳になっていた。しかも、死の十日前まで、足腰が弱ってはいたが、一応日常生活のできる普通の老人だったのだから、運命に感謝しなければならない、と当人も家族も思っていた。

これが内戦下のシリアなら、血中酸素の値とか、救急車で運んでもらうなどという贅沢な発想は誰にも許されなかったろう。

一方家族の中で、唯一看護人の立場を取った私は、自宅で最期を迎えたいという三浦朱門の希望を、何とかして叶えたいと考えていた。

強いて朱門が最後まで自宅に執着した理由を挙げると、彼は好きな本の中で暮したかったからである。

療養するようになっても、朱門は初めのうちは、毎日駅前の本屋に自分で本を買いにでかけていた。そこで必ず単行本を一冊買って帰る。一日に「タバコ一箱」という感じだったし、まだかなりのスピードで読めたので、「今日の一冊」があれば、一日心穏やからしかった。もっとも一日一冊の本は、十日経てば十冊になるから置いておく場所が要る。自宅なら病室に当てた南向きの部屋には低い出窓があった。そこを本置き場にすれば、かなりの書籍のツン読が可能だった。しかし病院ではそうは行かない。朱門が自宅に執着したのは、本を置く空間があるからだった。

朱門は昔から片耳が聞こえなかった。幼時に中耳炎を患い、片耳の鼓膜が欠損したまま治ったため、そちらは聴力を失ったままであった。

私の生まれつきの強度の近視のように、このハンディキャップが、彼に忍耐強い、しかしいささかうちに引きこもりがちの性格を作ったのかもしれない。

テレビはめったに見なかった。音声が聞こえにくい番組もあったからだろう。画面表示や、耳元近くで音を大きくする装置もあることは知っていたが、そのようなものを是非欲しいとは言わなかった。とにかく本がありさえすれば、まだ裸眼で読める自分の恵まれた眼で、好きな時に好きなテンポで読める、ということに、彼は満足していたのである。

まだトイレは自分で行っていた。体力がなくなると、自分で車椅子を漕いで、トイレの扉の前まで行き、中に設えられている手すりを使って用を足すことができた。私には奇妙な性格があり、もう五十年も前、まだ我々夫婦の両親も全員が健康でこの家に住んでいた頃から、家中の段差をなくし、トイレさえ床も壁もタイル張りにして、しかも床にはドレインをつけて置いた。誰かがトイレを汚すような年齢になった時、その汚れを掃除する役の者が大きな負担を負うことになる。当時はまだ、ウエット・ティッシュのような発想の掃除用品もなかったから、私は汚物そのものを、紙で取り除いた後、汚れた床を石けん水と温水で、浴室の中のように洗い流すことができるようにしておいた。

ついでに強力な換気装置もつけたから、水で洗い流されたトイレの床や壁は、自然乾燥する。私は人が屈んで床にはいつくばって汚物の処理をしなければならない作業というものを、できるだけ取り除こうとしていたのである。

朱門は実は、自分だけのトイレを持つことが、最高に贅沢だ、と笑っていた。できれば、そこに三浦朱門という「表札」を掛けたいというのである。中に書棚を作ろうとは言わなかったが、多分読書三昧を許される場所と考えていたのだろう。だからトイレの中は、ほかの所よりさらに清潔であることが、彼の一つの幸福の形であった。

彼のもう一つの執着は、新聞・週刊誌類であった。中国経済にもEUの成り行きにも興味を持っていて、朝日新聞はもう何十年も前に、報道される内容があまりに偏っているので取るのを止めた。その頃、阿川弘之氏も同じことを言われ、爾来、阿川氏は朝日に関しては、「取らない、読まない、書かない」をモットーとするようになったと朱門はおもしろそうに話していた。

それに関してどうしても書いておきたいおもしろいエピソードを思い出したので、いささか本題とはなれるのだが、許してほしい。

或る時期、阿川氏は、私の後輩に当たる聖心女子大卒の女性を秘書に採用されたことがあった。ほんとうに性格のいい伸びやかな女性だった。

或る日、阿川氏が横須賀に取材に行くことになると、この秘書は「是非連れて行ってください」と同行をおねだりした。ほんとうに阿川氏の助手として横須賀を歩けるなら、私も秘書にしてほしい。横須賀の軍港が見える所へ行くと、この秘書は尋ねた。

「阿川先生、どうして自衛隊の軍艦は、朝日新聞社の旗を揚げているのですか？」

これは今世紀に生れた最高のブラック・ユーモアになるだろう。

私の家には、日本語の新聞が四紙、私の趣味で取っている「ザ・ストレイツ・タイムズ」紙というシンガポールの英字紙が一紙と、五紙が入って来る。そのどさっと重い新聞の手応えが、朱門の朝の贅沢であり、自分の精神活動がまだ衰えていないことを教えてくれる証だったかもしれない。しかし彼も私もスポーツ欄は一分も読まなかったし、彼は芸能欄にも眼を通さなかった。

彼の毎日の「本買い」のテーマも、最後の頃は長谷川慶太郎氏や三橋貴明氏などの書かれた中国経済についてのものが多かった。「中国の将来を見せてもらうためになら、長生きしてもいいな」と言ったことがあるので、私は「ご苦労さま」と答えていたのである。彼は中年の頃、東大や一橋大などのマルクス経済学者たちの本（ごく一般的に市販されたものばかりだが）を買い集め、彼らのものを楽しみに読んでいた。彼らの学説が、どれほど当たらなかったかということは、素人目にも明らかだった。

その背後には彼自身の幼児期の体験が重なっていたらしい。彼の両親はアナーキストで、家にはいつも定職のないような人たちがうろうろしていた。彼の母は、よく明るい口調で「うちはお父さんが、少しお金があれば、ダンテの本ばかり買って来てしまうし、『よくわからないような人』がいつも泊まっていて、貧乏だったのよ」と言っていたが、私は三浦と結婚したての頃、「そんなに貧乏だったのなら、食客たちにどんなおかずを食べさせていたのですか」という質問をしないままに、この姑を亡くしたことを、いまでも惜しいと思っている。塩鮭、煮豆、大根と薄あげの煮つけくらいしか、私には質素なおかずというものが思い浮かばないのである。

そのアナーキストたちは、小学生の朱門に、「日本にも革命はすぐ来る」と話し続けたので、幼い彼は、好きだったこういうお兄さんたちの言葉を信じた。しかし彼らはそのうちにどこかへ去って行き、しかも日本にはいっこうに革命はやって来なかった。

それで朱門は仕方なく、本を読んだ。まだ小学生のうちから、マルクスやエンゲルス、左翼の学者たちの本を読んだ。それでも革命は来なかった。

「だから僕は、戦前左翼、戦後それをやめただけさ。人よりワンクール思想変遷が早かっただけさ」

と彼は笑っていた。彼は誰にも、過激な愛憎をもっていなかった。どんな聖人にも間違える面がある。どんなに堕落している人にも、人を救う瞬間がある。自分もまた同じ結果に組み込まれるであろう。

長すぎる前置きになった。つまりどうみても、夫の最期を迎える頃の私の生活には、無理がなかったのである。間違えました、といえば、朱門は嬉しそうに笑う。女房が

「間違えました」といえば、労せずして自分が一本取ったも同じことだ。世間に迷惑をかけるほど間違わずに済んだなら、あまり明晰でない女房としては、上出来だ。どちらにしても悪くはない、なのである。

だから私は九十一歳の老人としては、そんなに先が長いはずはない、と朱門のことを思って、身を削るほどの努力をして仕えた記憶はなかった。

それに彼は、最期にたった九日間入院しただけで自分の生涯の幕を引いた。それ以前は自宅の本置き台のある部屋で、普段通りの生活をして過ごせた。入院した時、十五分くらい私といつもと同じユーモラスな会話をして、それを最後に昏睡に落ちた。こんな恵まれた最期を遂げられたのも、日本が恵まれていたからだ。

そして私が救われたのは、人間の生活の苦労に限度も幕引きもあるのは、戦場の最前線にも、登山や航海の途中にも、万人に等しく訪れる疲労があるからだと最近悟ったからである。

2 人生は「数年なら我慢」できることが多い

お正月も半病人だから、私はどこへも行かないことに決めていた。人混みをかき分けて、老人がでかける時ではない。

年以外に、もう一つ小さなことで、外出が不自由になったのである。十二月初め、私は庭の先に建っている息子の家の二階から、階段を踏みはずして落ちた。上から五段目にうずくまるような恰好で止まったのはよかったのだが、体中痛くてびくとも動けなかった。同じ建物に人がいてよかった。携帯を取って来てもらい、私は数秒間ロダンの「考える人」に似たこっけいで間が抜けた姿勢のまま、少し深刻な状態をどう切り抜けたらいいか考えていた。朝六時少し前のことだ。

とにかく立ち上がればいいのである。しかしひどい痛みで、私は動けなかった。私はけっこう見栄っ張りなのである。人に助けてもらうのでなく、なんとか自分で立ち上がりたかったのだが、それがうまくいかない。

上手に転んだのになあ、と私は思った。私の転び方は大したものだった。落ちたと思った瞬間から、私は両肘から上の部分で、自分の頭を両脇から護った。そして体をエビのように丸くした。だから頭は全く打たずに済んだ。階段の途中に着地した瞬間、私はヘルメットの役目をしていた両腕を解き、まず両手の指の運動能力を確かめた。右手も左手も、指先までよく動いた。ついでに階段に腰掛けたまま、両足も膝から下を動かしてみた。足先もよく動いたので、私は満足した。私自身が猿でも豹でも、両手足が動いたら文句は言えない。

それでも首の下のあたりが痛かった。触ってみると、右の鎖骨の部分が飛び出して折れていることがわかった。しかし息が詰まるでもなく、手が動かないでもない。

私は「職人だから」と心の中で思った。「手先が動かなくなると困る」と、その瞬間思っていたのだ。

「何の職人だ？」と私の中にいる、自分の別人格が尋ねた。

「『書く』という職人です」と私は答えた。何だか私は古代エジプトのピラミッドで意味もわからず字を書く働く労働者の一人になっているようだった。

「たくさん書いたか?」

「たくさん書きました」

「どれくらい書いた?」

私は少し口ごもってから答えた。

「私は計算をすると、必ずと言っていいほど桁を間違えるんです」

「間違っててもいい。どうせとるに足りないことだ」

「――」

私はためらった挙げ句、浮かない声で答えた。

「三千万字くらいです」

「知っているか。嘘には必ず三と八がつく、というんだ」

「そうですね。多分、確実に嘘だろうと思います」

「何で嘘をつくんだ」

「つまり私の答えることなんか、嘘でも本当でも、どうでもいいことだからです」

「そういう存在に自分を置いていていいと思うか」

「この世に一人や二人は、そういうでたらめな立場があってもいいと思います。一種の自由人です」

「しかし世間からは信用されない」

「信用なんか……」。私は口ごもった。

「信用されない方が自由だということは、あなたもご存じでしょう。『どうせあいつは嘘をついてる』と思われているのも、悪くはありません」

　私の中のもう一人の自分は困っているようだった。

「信用されて政治家になっても、銀行の窓口に坐っても、まっとうなことをして当たり前、少しだらしのないところがあると、徹底的にやっつけられるだけです」

「しかしお前は一生嘘をつく仕事をやって来た」

「うまくつければよかったんですが……しかし嘘つきを仕事としてきたところが、私の賢いところです」

私は痛む鎖骨を庇うためにかがみ込んでいたのに、実際は胸を張っているような気分だった。

「嘘つきが『私は嘘つきです』と言っておけば『あの嘘つきも、意外と正直なところがあるんだな』と、言われるんです」

「しかしお前はいつもまともにさえ歩けない。足の怪我はこれで三度目だ」

「足の裏にいつもマメができていて痛いので、それを庇って歩いているからです」

「マメを治したらどうだ」

「それが一向に治らないんです。これが本物の豆なら毎日収穫できて大したものです。いままで膏薬も貼りました。医者にも行きました。一番効いたのは、麻酔医が背骨近くにうつ注射でしたが、長もちはしませんでした。

しかし本当は私は、外科医だか皮膚科医だかに絶望しています。こんな簡単なものが治せないんですから」

「それは、あんたの足が曲っているからだろう」

「足と、できの悪い足首が曲っています。お互いに相手のせいにしています。今の日本社会がそうですから、彼らも流行を追いかけているだけのことです。どちらの責任かまだ決着がついていません。この係争は長くなるだろうと思います。もっとも精神も曲っています。改めて言うことでもありませんが」

「ところで、あんたは今、そこから動けるのかね。人間であるという特質は、木や石と違って動けるところにある」

「それがうまく行きません。実は私は生涯をかけて願っていることがありました」

「何だね」

「今までの人生で、二度救急車のお世話になりました。どちらも足の怪我です。一回はお墓で、一回は家の玄関の前でです。救急車には料金を支払う制度がありません。ですから、もう二度と再びお世話になることはないようにしよう、と心に決めました。それ以上に高級な決意をしたことはありません」

「お前は嘘つき商売だからなあ」と、私の中の私はおもしろがった。

「しかしずっとその階段の途中に坐っているわけにも行くまい。交通の邪魔だ」

「それが一番問題になる点です」

「他のことも少し気にしてるだろう」

「してます」

答えはもう少し長いものになるはずだった。

「実はまた怪我をしたと思われるのが嫌なので、何とかして隠しておけないものか、と画策してます」

「鎖骨ははっきり折れている」

「わかってます。触ってみましたから。でも私は胸を大きく開けたドレスを着ないので、一生隠しておけるかもしれません。脱税にせよ、窃盗にせよ、ほんの数年隠しておければいいんです。私はもうあまり長く生きないので、もしかするとできるかもしれません」

「それは便利なことだ。数年なら我慢できる、ということは人生に多い」

その時、私は人生で大きな発見をしていたのだ。あと数年、と思えば、大抵のことは我慢できる、ということだった。

「ですから私が残りの数年、人生には寛大になったとしても、決して信用しないで下さい。『あと数年、世間と人をごまかせればいいんだから』と、思って生きているに過ぎないんですから」

「そんなこと、みんな見抜かれている」

「ありがとうございます。ところで、この階段という空間は、居すわると迷惑な所なので、本当に本当に申し訳ないことですが、救急車の方に救出というか排除をお願いしたいと思います。痛くて思考と指先以外の一切が動かせません」

「仕方がないだろう。あんなに『国民の税金を愚かなことには使いません』などとしゃれたことを言っていたくせに」

確かに私はそう言った覚えはある。実際には、私は最近、運動らしいものをしたこともなかった。

「救急車は自分で呼べます。電話機だけもらえれば」

私は自分が救いを求めている当人であることに、電話口で一番こだわっていた。私が通報の受け手だったら、「電話が掛けられるくらいなら、あんた自分で病院に行ったら」と憎まれ口をききそうな気がしたのだ。

私は住所・氏名と体の動かない事情をできるだけ簡潔に告げたつもりだった。驚いたことに電話を切るや否や、サイレンの音が家の前から聞こえた。私の通報の時、たまたま救急車が家の前を走っていた、と思いたいほどの早さだった。

私の折れた鎖骨は、レントゲンで見るときれいに落ち着いているというので、そのままにしておくことになった。誰もが、あと数年、大した痛みも不自由もなく、もちさえすればいいと思ってくれているのだ。年をとると解放される面もある。私は「高い棚の掃除をしろ」と言われない限り、かなり普通の人間をやっていける。

3 「追い詰められた決断」が人を人にする

幼稚園の時から、修道院の経営する学校に入れられた私は、否応なくその集団が基本とする生き方に染まって育った。

「心の中はどうあろうと、常に穏やかな表情で生きること」

もその一つだった。つまり、心は心として、表情行動の穏やかさを求められたのだ。私が聖書を基本から学んだのは中年になってからで、それまでは一般の人たちと同じように極く常識的な解釈をしていたのである。その一つが「あなたの敵を愛しなさい」ということで、これは私には不可能なことだと初めから諦めていた。もっとも当時十二歳だった私には、まだ敵と言い切れるほど憎んだ相手もいなかった。

戦争中私は一度だけ、アメリカの戦闘機の機銃掃射の標的になったことがある。私の家の屋根すれすれに飛来したグラマンと呼ばれる戦闘機の風防の下に、私は米兵の顔を見た。

数年前、この話を中年のアメリカ人のジャパノロジストにすると、彼は驚いたように言った。

「十二歳の女の子を撃ったんですか？」

「ええ、まあ戦争ですからね」

「向こうにあなたが見えてたんですね」

この一種の狙撃事件の後も、私は狙い撃ちされたことを、母にも言わなかったような気がする。心配をかけたって、それでことは解決しないからである。

もう何十年も前に、私は数人の同行者と東南アジアに出かけた。当時の飛行機はまず、香港で給油した。私は最近の香港を知らないのだが、当時の香港空港も、これで飛行機が飛び立てるかと思うほど、家のひしめいた居住地の一隅の海辺にあった。

数人の同行者は日本を出る時に疲れていた上、まだプロペラ機の時代には香港まで長い時間がかかったので、再び飛び立つ時には、飛行機が滑走路の端で待機しているうちに、ほとんどの人が眠ってしまっていた。

私は窓際の席を与えられていたので、外を眺めていた。そしてやがて離陸すると、私は驚嘆した。香港空港は海際にあったのだが、飛行機のすぐ下、数メートルのところに波頭が見えている。必要な高度がでないままに、飛行機は滑走路を離れて離陸しようとしているようだった。

墜落は必至のように感じたが、私は黙っていた。隣席も前席も同行者で、彼らはもう寝込んでいる。同じ死ぬなら、気がつかないうちに死んでいる方がいいと思ったのだ。

もちろん飛行機は、それから数秒で高度をとることに成功したように私の眼には見えたのだが、後年この話をすると、「この飛行機、落ちるかもしれませんよ」と教えて上げた方がよかった、と言った人が数人いた。数秒の間でも、死ぬまでに、人としてすべきことがあるかもしれない。危機を告げることで、その人はその役目を果たせるからだ。

ただ、すぐ「きゃあー」と叫べる人と、恐怖で凍りついて声が出なくなる人がいるのだろうと思う。「きゃあー」と言える人は、希望をもっている証拠だ。助かるために叫び声を上げるのである。しかし私はどこかで、そんなに悪あがきをしたって、助からない時には助からない、と思っている。

信仰のある人は、意識を失うまでに、数秒間にせよ、自分の生涯の決着を、神との間でつけるために必要なのだとしている。もし自分が非常に悪いことをしたら、その間に神に謝って許してもらう。

通常カトリック信者は、告解と言って、神の代理人である神父に、自分の罪を告白することになっている。聖人と呼ばれる人の中には、一日に何回も罪を告白した人がいたというが、私はめったに告解に行きたいと思わない。罪を犯さないのではない。私には、極めて人間的な怠惰のためとか、相手の心がわからないという理由の故にか、どうもあまり罪と思えないことが多い。だからだんまりを決め込んでいて、告解には行かないが、神には直接、その歯切れの悪さを訴えて許しを乞うことにしている。

教会での告解というものは、小さな暗い告解室の中で行われ、聴罪司祭である神父に、告解する人の顔ははっきりとは見えないようになっている。しかし格子越しに司祭は状況を子細に聞き、やがて許しを与えたり、償いとして特定の祈りをすることを命じたりする。

神父は、告解をしたいという人が現れた時には、二十四時間、いつでもその内容を聞く義務があるという。そしていかなる官憲の圧力を受けようと、その内容を他人に洩らしてはならない。

そこから、ドラマが生まれる、と私は考えた。以下は私の考えた一人の村の司祭の物語である。

或る村の田舎司祭は、ミサの直前になって「神父に告白をしたい」という見知らぬ男の訪問を受けた。

神父は、いついかなる時でも、相手がどんな人でも、告解を聞かねばならない。もし断って、罪の許しを受けないままに相手が罪人として死ぬと、その人の魂が天国に行けない責任を生じるからである。

その初対面の男は告解の中で、

「神父さん、俺はこれからあんたがたてるミサで使う葡萄酒の中に、毒を入れて来た」

と告白する。これはかなり悪辣なやり口だ。

神父は次のミサの中で、儀式でもあり、秘跡（ひせき）とも呼ばれる信仰の証として、神の血に変えられたとする供えの葡萄酒を飲む。もし毒を入れられたという理由でその葡萄酒を捨てれば、それは言葉でなくても、聞いた告解の内容を明かしたことになる。それ故その場合、告白された話の秘密を守ろうとすれば、神父は黙って毒酒を飲まねばならない。

しかしこういう場合もあるだろう。

それは、見知らぬ男が突然、通りがかりの教会にやって来て、

「今晩、どこどこ行き、××便、○○時発の飛行機に時限爆弾をしかけてある」

と、神父に告白する場合である。彼は空港の或る部署で働いていて、簡単に飛行機に近寄ることの可能な立場にいる。

神父はもちろん、今からでもすぐ空港に連絡して、その爆弾を取り除け、と言うだろう。しかし相手が、「私は自分からは隠した場所は言いませんよ。飛行機は今頃、ドア

を閉めて飛び立っているでしょう。探し出すならかまいませんが、すぐには見つからないでしょう」

と言った時から、ドラマは神父側で発展する。

神父としては、二つの道がある。

一つは一刻も早くとにかく事情を官憲に届け出て、その飛行機に乗っている数百人の命を救おうとする。その結果は、三つくらいあるだろう。

①当局がその通告を受けて、飛行機を地上に戻して機内を捜索し、爆弾を見つける。

②当局は機内の安全確認を行うが、爆発物はない。

③見知らぬ市民から通告を受けても、当局はどうせ悪ふざけだろうとして何もしない。

しかし、いかに人助けだとは言っても、神父からみればそれは告白された内容を外に洩らすことに他ならない。神父は重大で神聖な機能を自ら踏みにじったことになる。

もう一つは、告解の内容は殺されても口外しないという神との契約のもとに、神父は告白をしに来た男が口にした事実をどこにも告げない場合である。その結果、もし墜落事故が起きた場合、神父は複雑であろう。神の代理人としての立場は貫いたが、自分は人として失格だったように思うかも知れない。いずれにせよ、神の代理人としては、人を救えないこともある。だから人を救うために、事前に犯罪を通告したら、その見返りとして、自分は神父としての権能を自ら捨てて、世俗に還る他はない。

現代の私たちの社会には、誠実に考えると、正しい道を選んでも人生の失敗に終わることもある。しかし現実の生活の中では、人間は善意をもって考えれば多くの場合百パーセント近く成功する仕組みを作っている。善意であれば成功させなくてはならない、と社会も構えているからだ。つまり、正直者に損をさせてはならない、と決意しているのだ。しかし本当は正直者は、損をしても正直を貫くものなのだ。

自らが損をしても傷ついても、それが選択の本道なら致し方ない、と決意することは、日々の行動の基本が、社会の評判で動いているか、自己の哲学によるものかによって決まる。

こうした事態が、現実の社会に起きない方がいいに決まっている。しかし追い詰められた場合の決断こそ、人を人にする場合もある。こういうケースが、私たちの身近に余りにも起きないので、私たちは香りのいい人間にならないのかも知れない。

4 「量より質」の仕事は総じて怖いもの

社会で働く人たちの労働時間の限界やその給与のあり方について、最近改めて社会の関心が向けられている。

賃金というものは、そもそも、最初から払われる金額を決定する前に、一つのルールが作られていて、第一の段階は出来高か時間給かは別にして、一個仕上げればいくら、一時間働けばいくらという契約ができている場合である。

戦争中、まだ十三歳だった私は、本当は昔の女学校の二年生に通う生徒だったのだが、学校に行かず、疎開先の町工場で、ベークライトの小さな部品の「仕上工」として働く命令を受けた。

恥ずかしいことだが、私が組織的な肉体労働に従事したのは、生涯にこの時だけである。そして十三歳の私は、その時の体験を決して暗いものとは考えず、戦争のおかげで、私は十三歳でも軽作業の肉体労働者としてどうにか使いものになることを証明されたような、充実した気分であった。

ただし、この時、労賃をもらった記憶はない。たった三ヶ月ほどの勤務期間だったが、その間に一度だけ長さ三十センチぐらいの冷凍のタラの配給を受けた。もう既に食料は不足になりかけていたので、私はそれも自分の一生で初めての「稼ぎの一つ」と思い、ややお得意な気分で家に持って帰った。北陸の港町生まれの母にとっては、そんな腐りかけのような魚は平時なら決して口にしないものであったろうが、十三歳の娘の「稼ぎ」だというので、料理して食べさせてくれたのではないかと思う。

あらかじめ一時間働けばいくら、一個仕上げればいくら、というような出来高払いの労賃の計算法のほかに、世の中には、質を加味した賃金の計算法もある。

私が初めて受けとった原稿料は、或るカトリックの雑誌のもので、七十年以上も前のことではあるが、四百字詰め原稿が一枚五百円であった。それでも私は非常に感激した。生まれて初めて字を書いて得た報酬である。思えばそれが私の生計のスタートラインでもあった。

同じ工場労働者でも、着物を仕立てる人でも、それぞれの仕事のむずかしさによって工賃は違うはずだ。一時私は着物に凝っていて、ことに紬が好きだったのだが、好きがこうじて紗合わせという材質のものまで着るようになった。これは、二枚の模様の違った紗を合わせたもので、それが水流と浮草というように二つの違った模様を重ねているものだから、浮草が水流の中で揺れているように見える。

この盛夏用の着物をほめてくれたのは、当時のフランス大使夫人と、新橋の現役の芸者だけであった。着物がきれいなのはわかっているが、絽にしても紗にしても、二枚重ねたら暑いのは当り前で、辛抱の悪い私は、うんざりして、ついにこの着物を芸者さんにもらってもらった。着る方も涼しくないし、縫う方はもっと大変だという話は後から聞いて、何となく私はそういう贅沢に係ることは「人類の敵」みたいに思えたのである。

間もなく私は着物道楽をやめた。

着物に払うお金は、代わりにどこに消えたかと考えると、さして貯金も増えていないところをみると、大体その頃から私は、アフリカへ行き始めたのである。調べてみると時期が大体合っている。

アフリカへ行くには旅費がかかる。その上サハラの一部を縦断した時には特殊仕様を施した四輪駆動車を二台、日本で買って現地に送った。私以外の隊員はまともに家庭をもち、子供を育てている世代で、道楽のために砂漠にお金を捨てられる人たちではなかった。しかし私の方からいうと、砂漠は安全のために、一人で、或いは一台の車で、入ってはいけないというのが常識になっている土地だから、そんな道楽につき合ってくれるだけでお礼をいわなければいけない立場だし、その場合でも、道楽というものは、すべてお金がかかる、という原則が証明されただけだった。つまり道楽はすべて、お金をドブに捨てる気で出す覚悟をして当然なのである。それに泣き言を言うくらいなら、そんなムダ遣いは初めから計画しなければいいのだ。

しかし着物と違って、私はサハラへ行ってその記憶と体験しか残らなかったのに、その出費を少しもムダだとは思わなかった。自分で稼いだお金だからこそ、こんな遣い方もできたのだ。それだけではない。もし私の家族の中に一人でも、お金を砂漠で捨てるようなことは許さないという空気があれば、私はやはりサハラへは行けなかったかもしれないから、私の自由を許してくれた夫や息子に私は深く感謝していた。

人間は自分の生涯の中で、個人によって異なったハイライトの感動を語る。

ハイライトの時と感じられるものは、人によって違う。県の表彰の時、特別に陛下にお目にかかれたことを、最高の名誉と感じる人もいるだろう。他にも立場によって違うが、大臣に任命された日のこと、有名な女優さんに会って「あなたのようなタイプが好き」と囁かれたこと、世界的な名峰の登山に成功した時のこと、役所に勤めていて困難だらけの法律改正に漕ぎつけた日のこと、大きな台風の日に隣家のおばあさんをおぶって救出したこと。どれもすばらしい成功の瞬間として、その人の記憶に残って当然である。

誰一人その事実を知らなくても、その人の記憶の中では終生輝き続ける出来事もある。何十年か後に初恋の人に会って、相手も自分に対して深い好意をもっていたことを知った時など、それに該当するかもしれない。

ここのところ数日の間に、政治の世界では「脱時間給」制度に関する論争が盛んである。

「柔軟な働き方が可能になる」

「生産性の向上に繋がる」

というのが改革の根源だという。

一時間働くと、いくらになるという賃金の決め方は、本来、未熟練労働者の報酬の原型だ。決められた仕事を規則通りにやり遂げて、それに対して一時間いくらの報酬を受ける労賃は、決してその道のプロの働きに対する報酬の計算の方法ではない。時々テレビに、「町の名人」のような人たちの生活と技術が紹介される。雛人形の顔に目鼻を描く人だったり、箸を削る専門職だったりする。もちろん仕上げた数は問題にはなるが、報酬はその人の力量が加味されたものである。同じ人形の首に、私が目鼻を描いても、名人と同じ報酬を受けられるわけではない。私の描いたお雛さまは二目と見られぬ失敗作か、どことなく品が悪く意地悪な人相になるとわかっているのだ。

私の本来の小説を書くという仕事も、スタートの時から、脱時間給であった。小説には時間給というものがないのである。一時間経っても一字も書けないという、駆け出しの作家や作家の卵は常にいる。その人が三時間かけて一枚の原稿を書いても、原稿料はやはり一枚分で、一時間で一枚書く作家の三倍はもらえるというわけではない。

反対に大流行作家ともなると、一時間に六枚も八枚も書く人がいる。自分で書いていると手が間に合わないので、昔、講演旅行の時に速記者を連れて歩いている作家もいた。当時はテープレコーダーなど普及していなかったが、喋るくらいの速度で文章を口述すると、同行の速記者が列車の中で記録し、宿に着くや文字に起こす作業をする。作家はそれを点検すれば原稿として使える、という時代があったのである。

初めて仕事に就く若い世代には、この仕事の質と給与に関する関係をはっきりと認識させるべきであろう。時間給なら、会社が潰れない限り手がけた仕事の手間賃はもらえる。しかし仕上げた量ではなく、その人の技能が常に計測されるような仕事の場合は、いくら作り上げた量が多くても、質が悪ければ収入に反映されない。だから脱時間給は総じて怖いものなのだ。だらだらお喋りばかりしながら勤務時間を過ごしていても、月給日には決った額のお金をもらえるというような安易な気持ちでは、とうてい仕事は続かない。

私たち作家の原稿料なるものは、原則四百字詰め一枚いくらである。しかし多くの場合、事前の契約がない。原稿を渡してその結果の原稿料がいくら銀行に振り込まれたかで、やっと作家は自分の原稿料の正確な値段を知る。

作家にとって収入というものは、初めは「とにかく食えればいい」というものなのだ。それだけで結婚もできる。妻子を養うには、今より少しいいアパートも借りたい。取材旅行に行ったついでに、安い温泉にも一泊できるかもしれない、と人間の俗な欲望は型通りである。

原稿料というものは駆け出しの作家にとってはあまり光らないブリキの勲章のようなものだから、当然、小恥ずかしいものでもある。誰もお金は好きだが、文学と金銭はかなり相性が悪いものだ、ということを一面では感じており、その相克と、生涯を通して闘っていく自分の通俗性と、何とか折り合いをつけねばならないものだと悟っているからだ。

5 「日記」も深読みすれば現状が見える

四月初めに、自衛隊の「日報」なるものが、「存在するかしないか」でひとしきり論争が起きた。自衛隊側は初め「そんなものは存在しない」と言っていたのだが、実はやはりあった。自衛隊のような組織に、「日報」に当るものがない、などということは、世間では通らない話なのである。

新聞やマスコミ一般がどの程度本気で論争を起こしたのか知らないが、こんなものは、一応「ある」に決まっている。

この日報の内容次第で、どのような影響があるのか、私は正確に予測はできないが、当事者が「ない」と言っても、それを一瞬でも信じるマスコミの方が甘い。そもそも公的な組織が公的な目的を持って動く場合、その期間や規模の大きさにも差があろうし、呼び方はどうなのか知らないが、日報らしいものが作られないとしたら、それは怠惰か異常か何にせよ、普通でない状態にある。何ら意図がなく、このケースでは日報は作成しなかった、ということは考えられないだろう。それは組織というものに属する男たちの、本性とも結びついた生き方である。

私は昔から、継続して日記のつけられない性質だった。祖母から、当時としては立派な日記帳を買ってもらったこともあるのだが、一月末までも続かなかった。

今私は、仕事として日記を一本書いているのだが、それは自由で比較的楽しい仕事に思える。書く姿勢もはっきりしているからである。

そもそも小説書きとは、小なる説を書く作業をする人のことを言う。だから例外としてはあり得るかも知れないが、小説家が「大説」を述べることは、あまり望ましくない。小説家は、日常的などうでもいいこと、つまらぬことをくだくだしく書く作業を目的とする。有名な政治家が書けば、政界裏面史になるのだが、それは例外だ。常人の日記は、市井の個人の、極めて個人的な恨みつらみになる場合もあるのである。塩鮭一切れの値段が上ったとか、娘の同級生の母親がケチで、ママ会の会費を忘れたふりをして払わないでいる、とか、そういうことを書けばいいのである。

小説家というものは、本当にその種の記録係であった。

大福というお菓子は今は一個いくらで売られているのか、私はよく知らないが、集まりの席で最後に菓子鉢に残った一個を平然と食べた人を許せない、と感じた気分など、どこにどういう形で残せばいいのか、ということになると、やはり小説、エッセイ、日記などがふさわしい。

だから、本当の個人的日記というものは、誰にも読まれたくない一面を持っている。十七世紀に起きたロンドンの大火前後の日常生活を書いた「ピープスの日記」は、それまで、それほどにあらわな個人的生活が書かれたことがなかった文学史上で、初めて情事にまで触れた画期的なものであった。サミュエル・ピープス自身、他人に読まれたくないので、自分なりの暗号で書いたのだが、後年それが解読されてしまったので、史上初めての私小説、或いは政治的ではない私的日記としての、大切な記録になったのである。

個人の日記は、忘れたくない、他者に自分に関する記憶を歪められたくないとする抵抗の行為だが、現在の公的な日記は報告書としての任務を持つことが多い。行為や行程の報告書は、どの組織でも要求される。ましてや公的な行動に関しては、正式の短い報告書のほかに、日記という形で状況が残されることもある。

日記は、後年になって、その内容を使われることも多い。

多くの読者には取り捨てられるような部分が拾われて、資料として使われることさえある。小説家としての私は、いつも資料として、あらゆる日記を読み、もし自分の下らない日記が、何らかの形で世の中の役に立つことがあるとすれば、そのような部分であろう、と考えている。

つまり、一九四五年、第二次世界大戦の終り頃の日本の庶民は日常何で暖を取っていたか、ということは、もし公的記録がなければ、小説に頼る手もある。つまりすべての物資が欠乏していたその年、物語に登場する人たちは、どういう手順で練炭という丸い燃料に火をつけるかを描写した作品が必ずどこかにあるからだ。

身びいきをするわけではないが、公的記録からはわからなくても日記からなら読み取れる現実もある。たとえば「水道はないので、井戸からの水汲みに難渋した」という公的報告より、「井戸から軒先までは、三十歩半だ。この最後の半歩で足が動かなくなり、滑って水を半分くらいこぼしてしまうこともよくあった」という愚痴の方がよほど状況を説明している場合もある。井戸と建物の間の約二十メートルは、簡易にせよ舗装の必要があり、と読み取れるし、その間にその場しのぎの舗装をする人力（じんりょく）、経済力、心の余裕などが全くなかったことも示しているからである。

ましてや、軍隊の士気の点になったら、それを計るのは、エピソードを解釈するのがいい。「全員の士気、上々なり」などというのは嘘に決まっている。

作家として、書けたら、と思うのは前線の塹壕の中の兵士の会話だ。隣り合って弾丸を避けている境遇も、実はよく知らない。二人共三分後には死んでいるかもしれないのだ。現実の塹壕は音で会話もできないだろうが、たまたま砲声の絶えた静寂な夜もあるらしい。

そこでお互いに名も知らぬ人間同士が語るのは何なのか。

その部分が、多くの場合、日記と重なる。

もっとも自衛隊の「日報」はそんなにおもしろくないだろう。私的日記と公的な日報との間にはやはり落差があるし、あって当然である。私のような立場の者の日記は、時にひどく面白く役にも立つが、大切な項目を平気で落としている。水を汲む場合のバケツに関する苦労話は書いてあるが、肝心の川の水量や、井戸水の質にはふれるのを忘れるからである。

だから公的「日報」は大切だし、それがないことはない。

一時的にせよないかもしれないとするのは、現在の記者や読者が、軍を知らなさすぎるからである。

自衛隊の日報問題に登場する舞台は、イラクや南スーダンである。暑くて、いつもいつも戦闘があるわけではない。私も同じ頃スーダンに数日いたのだが、宿泊は、ナイル川にかかる仮設と思われる橋を渡り、市街の外にある小さな修道院だった。建物自体はカタカナのロの字形の建物である。つまり、あらゆる形の外部からの襲撃を軽減する備えである。強盗かこそ泥かしらないが、襲われる面を最小にして修道院を作っている。安心して開けておけるのは中庭に面した窓だけで、雑草の生えた地面の上には水壜が十本以上草の上に置かれていた。自然の熱気で壜の中の水を温め（この水は飲用に適さない）、それを各自二本ずつもらって行って、夕方、水浴用のバケツに足し、中の水温を少し上げるのである。

普段は平穏な田舎の村の暮らしである。しかし強盗や小さな衝突の類はいつ起きるかわからないし、地元の警察には事件の責任者を探し出そうというような気はいささかもない。当然のことだが、災難は瞬間的に突然降りかかり、誰もそれを予測することはできない。もともと小さな部族抗争や物盗りの場合も多いのだ。社会が貧困だと、人はちょっとしたことでも争う。しかし現場にいる者にとって危険は同じだ。

本当は日誌ほど現状を伝えるものはないのだが、どこの国にも公的機関には、日記を分析し、隠された内情を引き出す力のある人がそう多くはいないらしい。だから日記は形式的日報として処理され、あってもなくてもよく、それを深読みしてやる、という人もいないのかも知れない。もったいないことだ。

6　「自然の猛威」は人間の能力を超える

その空間に、私は突然出たという感じだった。

私がその辺の地理をよく知らず、しかも自分が惨事の跡へ連れて行かれることを事前に聞かされていなかったからのような気がする。

大勢の人の命が失われた土地へ行くことを、私は好きではなかった。震災、空襲、原爆、ビルの崩壊などで、不意に命を断たれた人の思いの、まだ留まっていそうな場所に、深く係わっていない者が近づいてはいけないような気がするのである。なぜならそれは「魂の聖地」だからである。

大正年間の関東大震災以来、これほどの大地震に襲われたことはなかった。二〇一一年三月十一日の東日本大震災の日のことである。私は神奈川県の海の傍にいて、普通の地震にしては、揺れがいつまでも続くことに少し驚いていた。しかし書棚の本も落ちなかったし、停電にもならなかった。東京からは何の連絡もなかったが、私は別に異常が起きたせいだろうとは思わなかった。普通の家と違って、こういうことに、我が家は冷たいのである。まず大丈夫だろう、異変があったら、向こうから（つまり私の方から）知らせてくるだろう、という考えである。そのような空気を、私は便利なことだと考えていた。そうでなければ、私はサハラの砂漠へも、電話の便利もない東欧諸国の旅にも行けなかった。当時衛星を利用した電話などほとんどなかったのである。

私は二、三の知人に電話で安否を尋ねたが、食器棚のものが落ちて後片づけが大変だったという人もなかった。惨事が細かく伝えられて来たのは、場所にもよるが翌日以後のことである。

数年後、私は知人の車で東北地方でかなり長いドライブをした。大地震の被害の最も大きかった地域をまず走り、そこを抜けてから、放射能の汚染区域と言われる土地を東京に向かって南下する予定だった。

汚染区域には沈黙しかなかった。水田の稲は穂をつけたまま立ち枯れており、夕暮れの中で、小さな街道沿いの町の街灯は事故以前の通り、冷静な水銀灯の光をつけていたが、家の中に生活の灯はほとんどなかった。時々、「この家だけはずっと人が住んでいたのか」と思わせる電気のついた家があるように見えたが、それは私たちの乗った車の前照灯が無人の商店の閉め切ったガラスに映っているだけの現象だった。

ふと気づくと、私たちの車の後には一台のパトカーがずっとついて来ていた。

「警察の車輌を先に行かせてあげれば」

と一人が言ったが、運転者は冷静だった。

「僕たちの方が、盗みの働けそうな空き家を物色して歩いていると思われてるんですよ。だからパトカーは後をつけて来るだけで、決して追い抜かないと思いますよ」

一側並べの商店の切れ目に、背後の水田の水面が一瞬だけ鈍色に光る町並みを抜けて、その夜、私たちは宿泊予定地のホテルに着いた。私たちの泊まった宿屋風ホテルには、復興支援のための「自衛隊さん」も泊まっているので、温泉大浴場は一般客用時間と自衛隊さん専用時間に分けてあるのだということを、私たちは知らされていた。「しかしありがたいことですねえ。官民一致して復興を目指せるんですから」とホテルのフロントの男は言った。思い返してみると、その日の行程の風景は、書割のようだった。心理的にうまく繋がっていないのである。その不細工な記憶の破片の落ち着きの悪さから早く逃れたいという疲労もあって、私はその夜、仮病の頭痛を口実に、一人で早々と部屋に引き揚げてしまった。

私は惨害の跡地を見ることが好きではなかった。

私は、私と同じ頃生きていた人々の生涯から学ばなければならない、と知りつつ、その現実に触れるのをいざとなるとどこかで拒否している卑怯者であった。

東日本大震災の日、海から四キロ河を遡った地点にある小学校を津波が襲い、百人を少し超える全体の生徒のうち七十数人が波に襲われて死亡ないしは行方不明になった。実に四分の三の生徒が一瞬にして命を失ったのである。これほどの惨劇は、通常の災害ではあり得ない。「自然の猛威」などという既成の言葉を私たちは安易に使うが、最早それは、いかなる書き手の表現力にも余る現実だからだろう。

私は勘の悪い人間だったから、知人が或る水辺に案内してくれた時、そこはただ近隣では風光明媚な所として知られているからちょっと立ち寄ったのだろう、と思っていた。その日そこには、人一人いなかったような気がする。

その浜の端に、鉄筋コンクリート造りの二階建ての瀟洒な建物が見えた時、私はそれが一瞬廃墟だと思わずに、「あれはホテルかレストランですか」と尋ねた覚えがある。「心ない質問」以上の粗暴な言葉であった。

それが世間で有名になった「生徒の四分の三」を一瞬にして津波で失ったことで有名になった小学校だとは思わなかったのである。

そこには、砂浜もあり、小さな岬の端のようなところには、岩もあって、絵葉書の風景のようだと私は記憶している。しかし私は、浜に面して建てられている茶色い二階建ての建物に注意を奪われた。保養所かホテルかレストランかのように見えたが、数秒見つめていると、それは人気のない廃墟だということがわかった。

私たちは、申し合わせをすることもなく、そちらに向かって歩き始めた。近づいて見たところで発見のないことはわかっていた。校庭のひび割れの間に生えた雑草がどれくらいの丈まで伸びているか、という程度だろう。第一手入れをすれば仮に使える校舎だとしても、父兄たちはそんな悲しみの場になった小学校に、年下の子供たちを通わせたくはなかったのだろう。

何も発見はないと思っていたのだが、なくはなかった。遠くからでも私の目に映っていた光景だったのに、近づくにつれて、私の心理の眼に細部が見えるようになったからである。

私はずかずかと人気のない学校の校庭に入った。そこを横切り校舎の裏手に出た。

「何を探してるんです」

と私の同行者が尋ねる。普通、週刊誌のグラビアなどでは、荒々しく土砂が入り込んだままに放置されている教室の床とか、文字が残っている黒板などが写されるのだが、私の目的は違った。私は校舎と裏山の距離を、目測にせよ計るために裏手に廻り込んだのである。

　裏山はすぐそこに迫っていた。二十メートルあるかないかのように私には思えたが自信はない。「距離」と「時間の経過」ほど、それを感じた人の心理が影響するものはないのだ。

　裏山は確かに、急に迫っていた。崖というほどではないにしても、都会なら、宅地造成の時、必然的に雛壇式の構造になったろうと思われるほどの高さの差が藪のまま残されていた。そして校舎とそこまでの距離は、私のようなのろまな人間が走っても、三十秒かかるとは思えなかった。

「あの藪に逃げられなかったんですね」

「高さが少しありますからね」

「でも人一人通れるだけの逃げ路を、下から造れないことはなかったでしょうに」

「予算がつかなかったんですよ」

　それが現実の末端を正確に伝えた言葉なのだろう。しかしそこに細い避難路を造ることは、何年がかりになろうと、父兄たちが無償でできないことではなかったはずだ。

海辺に住む人たちなのだ。当人が体験していなくても、親や祖父母から、津波の恐ろしさを聞いたことはあるだろう。もし語ったことのない親たちなら、それは親としての義務を果たしていないのだ。そのような物語なら、誰にでもできる。中学さえまともに卒業していなくても話してやれる。

昔、「お国（日本国のこと）のために」労役をすることを、私たちは「勤労奉仕」と呼んでいた。終戦時、十三歳だった私でも、敗戦までの数ヶ月を、無給の女子工員になって働いた。勤労奉仕はやや光栄ある労働だったのだ。

今は、社会のため、自分以外の人のためにただ働きをすることは、いけないことのように言う人さえいる。なぜいけないかというと、それは国家がすべきことで、「人の親」がすることではないから、と思っているからだ。だから子供でも死ぬのだ、と私は思っていたが、勿論口に出しては言わなかった。

ほんの十数秒、駆け出しさえすれば、高みに取りつけられたせっかくの地勢を活かさずに、子供たちは波に呑まれた。おそらく事件以後、人々は子供を失った直接の悲しみと金銭的な補償には関心があっても、子供の死を再び出さないための工夫をする気にはならなかったのだろう。そう思いたくはないが、そんな気さえしてしまう。

崖を見なければよかった、と私は思った。津波は、人間の走る速度より速く走る。だから数キロ離れていても、平地なら、いくらでも水は追って来る。人間独自が持つ能力は決して水の追跡を振り切れない。

7 「運命」は、最終的に人を差別しない

私は、母が三十三歳の時に生まれた第二子だという。第一子だった姉は、三歳の時に肺炎で死んだので、母は生きていられないほどに悲しんだ。姉がきれいで利発で性格がいい子だったのと、母は父と夫婦仲が悪かったので、希望の与え手は配偶者ではなく、ひたすらこの子供だと思っていたせいもあるだろう。私は、この世で会ったことのない姉の死から、十年近く経って生まれた子供と聞いている。

だから……ということもないのだが、私は不遜な信条を持って育った。自分の世話は、必ず誰かがしてくれるだろう、という思いである。

言い訳になるが、私の幼時は戦前で、私の家のような中産階級にもお手伝いさんが必ずいた。その家の主婦の出身の農村部の知人たちは、娘が年頃になると、昔からよく知っている都会の家に娘を送って、少なくとも数年間は行儀見習いや都会風の料理をしつ

けてもらうことになっていた。行儀だけではなく、そこで料理や言葉づかいも覚えさせるのである。

田舎育ちの私の母が、本当は行儀や言葉づかいの「先生」になれるわけもなかったが、今思い返しても、母は微妙な敬語も使えた。「どこで覚えたの？」と改まって聞いた覚えはないのだが、母は田舎から東京に出て来て女学校に入ると、文学少女になり、谷崎潤一郎や佐藤春夫や泉鏡花の作品などをたくさん読んだ。だから言語は、小説で覚えたと言わんばかりだった。

母はしかし終生、田舎料理しか作らなかった。一時フランス料理を習いに行くことを誘われていたが、あまり熱心でなかった。しかし私が幸運だったのは、幼い時から、母の作ったおいしいお惣菜を食べて育ったことだろう。大根、里芋、牛蒡、自然薯、などを田舎育ちの母は始終食卓に載せ、私もそれらの料理の味が好きだったことは後年大いに役立った。

しかしなぜか母は、私に料理を仕込まなかった。その代わり、私に語学の勉強をさせ、日本舞踊を習わせた。戦時中で世の中全体がいい加減な時代になっていたので、私はまもなく水木流の名取になった。その結果は一つだけ残っている。私は盆踊りだけは、すぐに入って踊れる、という自信をつけたのだ。盆踊りの輪に入れない人は気の毒だ。私は踊りが下手だという自覚があるので、どの踊りの輪にも平気で入って楽しめるようになったのだ。

幼時の私はひどく虚弱だった。そのためにいっそう極端な清潔の中で育てられたので、その時期に身に着くはずの免疫力にも欠けた結果ではないかと思われる膠原病が、近年になって発見された。ただし膠原病（私の場合はシェーグレン症候群）は「薬もなく、医者もいません。治りません。しかし死にません」という病気で、夫の三浦朱門が生きていたらいつもの通りユーモラスに、「それはよかった。金のかからない病気だ」と言うだろう、と思う。時々微熱が出て、起き上がれないほどのだるさに悩まされるが、治しようがないということは気楽だ。

人生＝だるいこと、だと思って生きている日々があるが、人生はどんな姿だって人生だから、それでいいのである。

生まれた家が、その日の暮らしに困るほどではないとすると、私のような子供は、大人の世話を充分に受けて育つ。学校へ通う朝、今日はどの程度の厚さの下着とどのオーバーを着るかは、母が判断してくれる。典型的な過保護児童の生活である。家に帰って来ても、手伝う家事はそれほど多くはなかった。掃除も済んでいる。夕飯の支度は母が半分し終わっていた。私はそれでも、薪と石炭を燃料とするお風呂焚きの責任を割り当てられていた。一度、石炭をたっぷりくべると、十分間ほどは自分の机に帰って、本も読めた。

最近私は、理由のない微熱とだるさに寝てばかりいるようになった。

「人間を長くやっているとねえ、疲れが溜まるのよ。勤労者は理由のある休みがあるのに、私なんか六十年以上働きっぱなしでも、まとまった休みを取ったことがないんだから」

と私はいささかの嘘を含めて愚痴ることにしている。英語ではサバティカル・イヤー

(安息年)という言葉がある。ユダヤ教徒たちが七年ごとに休んだ古い伝統を受け継いで、今でも研究のための有給休暇のことをこういう呼び名でいう。

本当は私たちも、週の七日目の日曜日に休むだけでなく、七年ごとに一年ないしは半年、休めるようにしたい。イエス時代にそれまでの口伝だった内容が成文化された『ミシュナー』(二世紀末にユダヤ教の口伝律法を収集・編纂したもの)によると、この七年目の休みの時には、昔のユダヤ人たちは、人間が休みを取るだけでなく、土地にさえ休みを与えた。今のように深耕のできる耕作用の機械も、化学肥料もない時代には、人間が休む七年目には、土地も休ませることが必要だとわかっていたのだろう。

しかし現在の日本人の暮らしには、効果的なまとまった休みなど全くない。その六十四年分の疲労が、今一度に出て来ているというのが、私の実感だ。八十六歳の私が、六十四年分の疲労というのは、私は二十二歳までは親の庇護の下にあって、何も苦労していないから、その分だけは「良心的に」差し引いたのである。

一日中、ゆっくり寝ていられるような生活をすると、もったいなくて、高齢者はもうすぐ死ねるのだから、長い休みはその時に取ればいいのだとさえ思う。しかし時間でさえも、絞り取るようにすべて使うというのは、余裕ある人間のすることではないのかもしれない。

長く生きて漸く知ったことも多い。私は阿川弘之氏の『雲の墓標』という作品の題を、もっと荒っぽく考えていた。大東亜戦争の最中に死んだ航空隊の若者たちは、何もない大空の上で命を閉じた。そこにあるのは限りなく青い空と雲だけであった。

長いことそう考えていて半世紀以上経ってから、或る時、私はスールー海の近くで、短い距離だけだが、チャーター機で飛ばねばならないことになった。インドネシアの近海を、私流の言葉で「右から左に」、つまり東西に飛ぶ民間航空路はめったになかったので、自分の都合で時間を決める移動にはチャーター機を使う他はなかったのである。

自分で飛行機をチャーターすることになると、私は軽薄にアメリカの大金持ちになったような気分になることにした。飛行時間は多分三時間ちょっとだから、私の好きな時に出発すればいい。

「私は朝起きられないたちだから」でもいいし、「私は少しお化粧に時間がかかるの」でもいい。

勝手な理由をつけて時間を決めよう。ガソリン屋が開いている時間なら、それこそお客のいいなりになるのが、チャーター機というものだろう、と私はにわか成り金風の気分でいたのである。すると向こうは朝七時だか八時だかの早い時間を指定して来た。「そんなに早く」と思ったが、元々私は早起きなのである。パイロットと客の趣味は一致して、私は早々と小型のセスナで、飛び立つ約束をした。

おもちゃのような小型機に乗り込む直前、ナマリの強い英語を喋るパイロットは、早朝の出発の言い訳をした。朝から、時間が経てば経つほど、積乱雲の発生する率が高くなる。すると小型機は、その雲をスキーのスラロームのように避けて行くことになり、航続距離が長くなることはもちろん、小型機の場合なら途中で給油しなければならない場合さえ出る。それを避けるために、早朝の出発をしたい。

飛び立ってやっとわかった。小さなセスナの高度は積乱雲の頭よりずっと低いのである。雲の峯は文字通り、飛行航路の前方に幾つも聳えていた。朝早い時間だから、この程度にまばらで済んでいるが、午後になったら大変だ、とパイロットは言った。

それは阿川氏の小説のように、文字通り「雲こそ吾が墓標」という感じで前方に見えていた。もしその付近で親友が戦死していたなら、そして私の操縦する飛行機が今、祝福に満ちた朝焼けか夕映えの中を飛ぶことになっていたなら、その光景はまさに「雲こそ吾が墓標」であり、いつの日か、「おれも後から行くから、一時、死に出遅れることを許してくれ」という気持ちになるだろう。その時、人は人生が極めて短いこと、それ故に親友に死に後れることを深く詫びねばならないことも覚るのであろう。

親か誰かに面倒をみてもらう生活をするだろう、という甘い考え方をしていた私は、不思議と、一家全員の生活を見ながら、その最期を看取ることになった。その結果、すべての人の生涯が神の視線を受けているような場面にも立ち会えた。不思議なことだ。運命は、最終的に差別をしない。

8　旅とは「不自由」を耐えることでもある

暑さという状態はなかなか哲学的なものだ。人間をのっぴきならない状態に追い詰め、そこで一種の選択を迫る。

私は九月生まれで子供の時から肌の色が黒く、日本人としてはやや背が高く、東南アジアで暮らしている限りめったに日本人に見られたことがない。色が黒い人間は熱暑の中でも生きられるはずだ、と皆考えるようだ。

気温が総じて低く、冬が長く、太陽の照射の少ない土地では、人々は哲学的な姿勢で暮らす、という。彼らは生きるために工夫をしたり、働かねばならない。つまり望むと望まざるとにかかわらず勤勉になるのだ。

しかし熱帯に生きる人々は楽なものだ。裸でもいられる。木陰にへたり込んで、わずかな食料と水を得られれば、とにかく生きていられる。場合によってはまともな家さえ建てなくてもなんとか生活できる。

しかし本格的な冬の到来を見る土地だったら、とてもそうはいかないだろう。この一刻一刻を生きるために、人は燃料も衣服も要る。体の中で多量のエネルギーを生むための糖質も蛋白質も脂肪も必要だろう。最低限外界と自分の住む所をはっきりと隔てなければ、居住区の室温の調整ができない。

どこの親もそうかもしれないが、我が親も娘の私の悪い癖を幼時から容赦なく指摘した。そしてその十分の一くらいの比率で持っている美点は褒めてくれた。私の美点は諦めがいい、ということだった。他人と争って自分の望ましい条件を手に入れる気力がなかったからだが、とにかく闘うという行為は「かったるくて」ごめんであった。初めからできないことと諦めてガマンしてしまえば、ほとんどのことがそれで済むことなのだ。

この諦めるという心理的操作は、多分に熱暑のもたらす結果だろう。寒風の中では、人間は努力して何かをやり続ければ、心の中で必要な心理の火は燃え続け、温かくもなる。しかし冷房のない酷暑の中では、熱い心理の焔を燃え続けさせることの方が至難の業である。

私は幸運にも二十代から南方の国々に旅行する機会を与えられた。私の若い頃、まともな外国へ行くと言えばロンドン、パリ、ニューヨーク。政治的な舞台ならスイスのジュネーブかワシントンであった。近くの外国では香港、台湾、バンコックなどの土地に親しみがあった。しかし私はカンボジア、シンガポール、インド、パキスタン、そして少し後からはペルシャ湾岸の国々にも行く機会を与えられた。初め同行しそうに思われていた人の中にも、それらの国が暑くて、しかもイスラム教を信じているが故にお酒を呑むことが原則できないとわかると、旅行を辞退する人もいた。私は男は意外と弱い性だと思った。旅というものは、不自由を耐えることでもあるのに、それがわかっていない。

暑さと言っても地球上には何種類もの暑さがあるのだろう。東南アジアには湿度の高い暑さがあり、ペルシャ湾岸、アラビア半島、アフリカなどには、かわいた熱風の国がある。単に気温が高いだけの国といったらやはりサウジアラビアあたりにありそうだし、サハラ砂漠もすぐ三十五度になる地点はざらにある。アフリカの北東の隅にあるジブチなどという土地も、毎日のように午前中からあっさりと五十度を超えると聞かされたが、人々は馴れたものだった。三十度を超えれば自動的に屋外作業はやめになる。それは日々の暮らしに取り入れられた「手順」や「日課」のやり方で、一年中、何年と続いている習慣として、別に感動も失望もなさそうである。

ジブチに着いた時、私の髪は埃だらけだった。旅に出る前に美容院に行って、髪を切ってもらいパーマネントをかけた。かけたての髪は放っておくとチリチリで、洗い髪を放置しておけない。アフロヘヤーのように頭の上にこんもりとマッシュルーム型のチリチリ髪を盛り上げるのも一つの手なのだが、日本風のカットではそういう形にはならなかった。

ジブチの町でたった一軒だけある一番高級なホテルに、私たちは泊まっていた。というか、日本のように自由な選択はできなかったのである。だからジブチではそこで行われるあらゆる外交的会議の出席者は、全員このホテルに泊まっているに違いない。当然ホテルには、パリで修業して来たというふれこみの美容師をかかえた美容室はあるだろう。

私はホテルのフロントで美容室のありかを訊いたが、眼鏡をかけた中年の女性従業員は、「このホテルには美容室はありません。外に行けばあります」とそっけなく言うばかりだった。

嘘だろう。そんなことがあるはずはない。私は或ることを思いついた。

多分この女性は最近来た人で、まだ館内をよく知らないのだ。美容室は地下か二階にあることが多いが、このホテルには立派なプールもあるから、美容室はプール階に置かれているのだ。そしてそこはアスレチックセンターと呼ばれて、外部からそこだけを利用しに来る人も多いはずだ。というより、この町に住む外交官、軍人、ビジネスマン、ヨーロッパやアジアに本社を持つ大会社の駐在員、寄港している船の士官たちなどやや特権的な暮らしをしている連中は、この暑さの中他はどこも行く所がないから、毎日のようにこのホテルのプールにやって来て、ビールを飲むかアイスクリームを食べる。そしてアイスクリームを食べられるプールサイドの午後を過ごせる境遇にいる人間は幸福なのだと自分や家族に言いきかせる。

プールで泳ぐ人々は後で髪を洗うから、夕方から夜にかけてパーティーに出る人は、そこで髪をセットしたり結い上げたりしなければならない。だから美容室は通常、プール階にあるものだった。しかしこの国の最大のホテルではそのルールが守られていない。

こういう時に限って、私は自分の只今の目的に執着した。髪を洗ってセットしてもらうという「目的」である。私には髪と歯が汚いと、物が考えられないという癖があった。顔など何日洗わなくても平気であった。眼のまわりに目やにがついているとばれるから、ウエット・ティッシュでちょっと拭いておけばいい。現実には髪と歯は、傍目には不潔が目立たなくても自分は知っているから始末が悪い。髪が汚いと、夜中に気になって目が覚めるという下らない癖もある。

フロントの女性が、外の美容院を教えてくれた。ホテルの玄関を出れば、大通りに面している。そこを右へ曲がればいいというのだ。一国の首都でも人口は百万ないだろうから、私の住む東京の大田区一区とおっつかっつだろう。そういう町でこれほどの大通りは、恐らくこれ一本だろう。迷う余地もない。

しかし私は歩き出す前に、大通りのわずかな木陰に立って、右の方を眺めた。光景はあまりの暑さのためか、正午に近い強力な太陽光のためか、色彩を失っているように見えた。私は目を細めて、大通りの右の方に並ぶ店の看板を読もうとしたが中に美容院のサインは発見できなかった。念のため、私は左の方も眺めたが、そこには、広大な空き地があって、看板の数もまばらだった。左右共に通りの熱気が色彩を飛ばしていることが、私に自信を失わせていた。本当は見えているのだが、暑さが或る程度に達すると、色が消えるという物理学の法則はなかっただろうか。その場合でも色は近距離になると見えて来るだろう。私は近視だから、近寄ると見えるという信念に近い実感は、色彩の確認にも当てはまるように感じられていた。

私の目的とする美容院の看板は、しかしいくら目を凝らしても見えなかった。まさか、である。この国の上流階級の女性たちも、贅沢でおしゃれで、パーティー好きであろう。

となれば美容院は何としても要るはずなのだ。

　私は暫くの間、現実を承認することにうまくいかず、当惑して熱気の中に立っていたが、やがてもはやどんな思考も頭の中を巡らないような気がして、光と熱の中から立ち去ることにした。これだけの暑さになると、人間は立っていること、呼吸をすること、日陰を探すことだけで手いっぱいなのだ。現実を時間的に改変することは本能的にできるはずだが、それ以上長い時間的単位で十分先、一時間先を見通すなどという行動をすることは考えなくなる。

　私たちの暮らしでは、長期的見通しを持つことが可能と思っているが、実は原則、周囲の空気に動物の一種として、撃(う)たれているだけのことではないか。それなら、舌をだらりと出して喘いでいる犬や狐と同じだ。

　私はホテルの建物の中に戻った。中は暗かったがその冷気だけが、私の呼吸を楽にした。私の頭の中に判断を可能にする水の流れのようなものが戻って来ていた。そのおかげで視力もよくなったような気がした。

あれが私の最も暑い夏の時間だった。

毎夏、何日か私にはあの時の暑さと比べている時がある。あたかもそれが有無を言わさぬ人生の「標準熱暑」であったかのように。

今年もその暑い夏は終わった。

9　一生は「今日一日」の積み重ねである

人生を終えるのも、もう後ほんの少しとなって来ると、誰でも考えることかもしれないが、自分の一生は果たしてこれで良かったのだろうか、という疑いが、時々心に浮かぶようだ。そんな迷いなど、若い時は口にするのも恥ずかしくて友だちにも言わなかったものだが、さすがに残り時間も僅かになってくると、そんなことを気にしてもいられなくなるのだろう。とにかく後数年で死ぬ前に、一応答えを出しておかねばならないのだ。

いろいろ考えて、たいていの人が、どうやら自分を納得させるだけの答えらしいものを見つけ出す。どうやって納得するかというと、つまり謙虚になるのである。自分が操作可能な程度の頭や体力だったら、つまりはこの程度の働きをするのがやっとだった。自分はそれに従ったのであって、その意味で言えば、オリンピック選手が世界新記録を立てて引退したようなものだ、と思いかけるのである。

しかし無駄な比較というものも、簡単には払拭できない。誰それさんのご主人の履歴は、世間的に見ても立派だった。県知事になられた。一時は○○大学の学長さんも務めた。会社の社長だったこともある、などと無責任な嫉妬まじりの噂も広まる。その結果、つまり簡単に言うと、自分の一生は取るに足らないものだった、という無力感に捉えられる人は、昔からいたのである。

昔の日本の男には、今のようにいわゆる社会的な出世をしなくても、戦争の時、前線で戦功を立てるという可能性があった。「爆弾三勇士」は、一九三二年の上海事変の時、廟行鎮の戦闘で、三人の工兵隊一等兵が敵の鉄条網爆破のために、大きな爆弾の筒を抱えて突っ込んだという逸話である。この話は本来は、爆破後に帰投するはずだったが失敗して爆死したのだという。しかし軍部は、これを計画的な覚悟の攻撃であるとし、その後当時の日本のマスコミが、「悲壮忠烈の極」などと積極的にキャンペーンを繰り返した結果、軍事美談となったと記録されているが、当時子供だった私でさえよく記憶している有名な話であった。

今の社会にも簡単に他人に知られる「出世」はあるのだろう。代議士に立って当選するとか、科学的な業績においてノーベル賞を受けるとかすれば、国民の総てに知られることになる。

しかし大会社の社長になるだけでは、「知る人ぞ知る」程度で終わることは多い。その会社の研究部門にいる人が、後々人々のためになる製品を作り出してくれても、多くの国民はその事実を知らないまま、製品に僅かなお金を払うだけで恩恵を受けられる。

しかし考えてみると、どんな生活でも、刻々、その人がすべき事はあるので、その行為がさまざまな人の命や安全や幸福を支えている。私たちに食料を供給したり、輸送に係わったりしてくれる人が、私たちの平凡な大切な日常生活の安心の元なのである。

この頃私は、今、この瞬間に自分が何をすべきか、神の（天の）命令があると思うようになった。別に天から声が聞えるというような大したことではない。ただ、今日は誰それさんが見えるから、私が頂いていたすばらしいお魚の干物のうちの数枚を分けよう、とか、飼っている二匹の猫には夜も充分水が飲めるようにしておいてやらねば、という程度のことである。

　嵐が近づけば、私は戸締りを確認し、植木鉢が落ちて割れないようにする。つまらないことだが、やはりそれは安全のために仕方なくすることなのだ。

　こういう感じ方は、別に何かに責任のある人の重責というわけではない。今、この瞬間、自分が守るべき命の総てに対して責を負っているのである。

　とすると、どの人の存在の価値も同じということになる。歩くこともできない病人は、ただ誰かに面倒をみてもらうだけだと思いがちだが、実は介護する人に生きる目的を与えている。昔、重度の心身障害者を持つ家族の話を聞いた。その一家にとって十代の障害者の息子は大きな重荷だった。一人前とは言えない兄を持つ妹たちが荒れて、ヒステリーを起こす場面もあった。

　しかしこの兄が三十歳を少し過ぎて亡くなった。誰もが、あの一家からは、これで苦労が取り除かれたと感じた。しかし葬儀も終わって一家だけになった時、彼らは途方もない空しさを感じた。重荷が取り除かれたのではない。中心にあった光が消えたように感じた。つまり彼らは、生きる目的になっている力、中心に向っていた結束力の温かさを失ったように感じた。本当は誰にも必ず、その人がなすべき仕事がある。多くの場合、小さな仕事だ。人は一刻一刻その命令を感じているはずだ。しかし気がつかない時もあれば、わざと気をつけたくない気分の時もある。

私は面倒なことを、できるだけさぼりたい。猫の水呑みに清潔な水を満たして来なかった、ということに気づくだけでも少し自分にうんざりして、この真夜中近くにわざわざ階下まで下りて行って、水を換えてやらなくてもいいだろう、まさか朝までに命の危険はないだろう、などと考える。しかし同時に、猫には餌よりも水が大切だと書いてあった新聞記事を思い出す。餌は一晩なくてもどうということはないが、水を飲ませないと、腎臓の弱いスコティッシュフォールド種の猫にとっては望ましくない病気を引き起こす、という。すると仕方なく私は起き出して、階下に行く。どうせやるなら清潔な水がいいからと水呑み用の器を洗い、きれいな水を満たして、「ハイ、直ちゃん、おみじゅ」と、猫用幼児語までを使ってしまう。これもあまり好きではない行動なのに……である。

つまり一刻一刻の私の行為は、かなり愚かしいことではあっても、私にはすべきことがあるということだ。猫の面倒だけではない。普段はあまりさわらない平面に手が行けば、そこが埃でざらざらしている日もある。煩い姑がいるわけではなし、そのままにしておいても誰も文句を言う人はいないのに、やはりその瞬間から私には「ちょっと拭いておく」という仕事が発生する。

毎日の生活というものは、誰にとってもそんな程度のことの連続だろう。しかし時にはもう少し重要な仕事もある。家族の誰かが「熱っぽい」と言って、家に買い置きの風邪薬がなければ、「今晩のうちに、薬屋で買ってきておいて飲ませよう」ということになる。掛かりつけ医の往診を頼むほどでもないが、風邪は早いうちに手を打った方がいいからだ。

世の中には、どうしたらいいかわからないこともある。しかし古来わかっていることも多い。わかっていることをしないのは、かなりの「暴挙」である。つまり人の善意とか社会のしきたりには従わないという態度を明示したら、その人の行為は、かなりの逆風に吹きさらされることになる。だから世間の多くの人は、良識に従い、自分の好む生活をしない。その方が無難だからである。

私も、時々人と違うと思うことをしている。私はそういう時、できるだけこっそりと、社会の風に従わない。それで辛うじて自分を失わない、と思えることもあるし、本当はそんなことを口実に会合や葬儀に出席せず、体を休めている場合も多い。

自分に高熱があっても、社会的に重要だと思われている人の告別式には出かける知人もいる。それが原因で病気が重くなって死んでも、誰も責任をとってくれないのに、である。もちろん他人の心は本当にはわからないから、たかが告別式の出席か欠席かで、何一つ推し量ることはできない。

しかし最近、会社が長時間労働をさせるとか、上役がセクハラをするとかで、自殺したり病気になったりするような人がいると、そんなに嫌ならなぜもっと早く会社をやめなかったのだろう、と私は思う。せっかく見つけた職場を簡単に見捨てていいわけでもないが、死ぬほど辛い状況だったのなら、やめた方がよかったのである。もちろん私たち年長者は、若い世代に「世の中は全て辛抱よ。辛抱しなくていい仕事なんかないの」と説教する場合も多いのだが、それでもその環境で働くのが死より辛いかどうかは、当人の判断以外にない。

今の日本の社会的状況は、何でもできる。職場を辞めても、仕事の内容に好き嫌いを言わなければ、何とか生きて行けるはずだ。自分を生かすも殺すも、自分の判断とその結果の行動による。

社会主義国家で暮らす体験を私は知らなくて済んでいるのだが、日本のように、生来の仕事から恋愛まで自由に選べる生活もまた恐ろしいのである。責任は全部自分にかかってくる。昔の結婚は親が決める場合が多かった。だから恋愛感情は生まれなくても、相手が常識的な世界観の持ち主で、一生おだやかに暮らせた例も多かったと言えるのかもしれない。

しかし今日一日の生き方を決めるのはやはり自分なのだ。そして今日一日が幸せで、明日も同じようにおだやかなものであり、それが長く続けば、その人の生涯は成功だったと言える。選ぶのも当人、結果を判断するのも当人だとなると、判定は公正のようだが、不満の持って行き所もなくなる。

一生は、今日一日の積み重ねだ。だから、今からでも不満は修復できるとも言えるし、その全責任が自分にかかってくる恐ろしさにも気づかなければならない。

初出誌

第一部　「人間の義務について」／『波』二〇一九年二月号〜二〇二〇年一月号

第二部　「人間関係愚痴話」／『新潮45』二〇一七年十二月号〜二〇一八年十月号（一月、九月を除く）

曽野綾子　1931（昭和6）年東京生まれ。作家。聖心女子大学英文科卒。79年ローマ法王庁よりヴァチカン有功十字勲章を受章。『老いの才覚』『人間の基本』『人間にとって成熟とは何か』など著書多数。

Ⓢ新潮新書

866

人間の義務

著者　曽野綾子

2020年6月20日　発行

発行者　佐藤隆信

発行所　株式会社新潮社

〒162-8711　東京都新宿区矢来町71番地
編集部(03)3266-5430　読者係(03)3266-5111
https://www.shinchosha.co.jp

印刷所　株式会社光邦
製本所　株式会社大進堂

ISBN978-4-10-610866-2 C0210

価格はカバーに表示してあります。